folio
junior

Skully Fourbery

1. Skully Fourbery
2. Skully Fourbery joue avec le feu
3. Skully Fourbery contre les Sans-Visage
4. Skully Fourbery n'est plus de ce monde

Derek Landy

Traduit de l'anglais
par Jean Esch

GALLIMARD JEUNESSE

Titre original : *Skulduggery Pleasant Dark Days*
Édition originale publiée par HarperCollins Children's Books,
HarperCollins Publishers Ltd, Londres, Grande-Bretagne
© Derek Landy, 2010, pour le texte
© Tom Percival, 2010, pour les illustrations
© Gallimard Jeunesse, 2011, pour la traduction française
© Éditions Gallimard Jeunesse, 2014, pour la présente édition

Résumé des aventures précédentes

Stephanie Edgley, douze ans, hérite d'une vaste propriété à la mort de son oncle. Un curieux individu, emmitouflé dans un long manteau, le visage dissimulé par une écharpe, des lunettes noires et un chapeau, fait irruption chez le notaire lors de la lecture du testament. Son nom est Skully Fourbery, détective privé de son état, cynique comme il se doit.

C'est aussi le squelette vivant d'un magicien mort quatre cents ans plus tôt !

Il apprend à Stephanie que son oncle a été assassiné et qu'elle pourrait bien être la prochaine sur la liste…

Une nouvelle vie commence pour la jeune fille, qui décide d'assister Skully dans son enquête. Elle découvre un monde parallèle, dangereux, peuplé de magie et de personnages aux pouvoirs étonnants…

Ce livre est dédié à Laura.

Je ne ferai pas de plaisanterie cette fois car apparemment, tu es la seule personne sur terre qui ne me trouve pas drôle, même pas un peu.

Je suis HILARANT. Demande à n'importe qui. Demande à ta sœur. Elle me trouve TORDANT. (Pas vrai, Katie ? Hein ?)

Et pourtant, alors que tu refuses de reconnaître mon génie comique et d'admettre en public combien tu es impressionnée par tout ce que je fais, tu as quand même droit à cette dédicace car, sans toi, Skully n'aurait pas sa Valkyrie.

Tu es ma meilleure amie et ma muse, et je te dois énormément.

(« Énormément », c'est une façon de parler, évidemment. Ça ne veut pas dire que tu toucheras une partie des droits d'auteur.)

1
Scarab

*Durant tout le temps où Dreylan Scarab était resté enfermé dans sa petite cellule, il n'avait pensé qu'à une seule chose : tuer. Il aimait ça. Les meurtres et les longues promenades faisaient partie de ses occupations préférées lorsqu'il était plus jeune. Il pouvait marcher longtemps pour tuer quelqu'un, aimait-il à répéter, et il était prêt à tuer pour s'offrir une longue promenade. Mais après presque deux cents ans passés dans cette cellule, il avait, comme qui dirait, perdu le goût de la promenade. En revanche, sa passion pour le meurtre était plus intense que jamais.*

Quand ils l'avaient libéré quelques jours plus tôt, c'était un vieil homme qui avait débouché sous le soleil de l'Arizona. Ils lui avaient confisqué son pouvoir et, privé de son pouvoir, son corps s'était flétri. En revanche, son esprit demeurait vif. Malgré tous leurs efforts, les ans n'avaient pas émoussé son intelligence. Mais ça ne lui

plaisait pas d'être vieux. Il compta combien de temps il mit à traverser la route et le résultat le fit enrager.

Il resta là pendant deux heures. La poussière soulevée par le vent lui rentrait dans les yeux. Il chercha ce qu'il pourrait liquider dans les parages, puis parvint à maîtriser cette pulsion. L'entrée de la prison souterraine se trouvait à deux pas et assassiner quelqu'un devant les gardiens n'était sans doute pas une bonne idée. De plus, Scarab n'avait pas encore récupéré sa magie, et à supposer qu'il y ait dans ce désert quelque chose qui méritait d'être tué, peut-être en aurait-il été incapable.

Une silhouette apparut dans le miroitement de la brume de chaleur et se matérialisa sous la forme d'une automobile noire climatisée. Elle s'arrêta et un homme en descendit lentement. Scarab mit un certain temps à le reconnaître.

– Pourquoi tu m'as pas fait évader ? grogna-t-il.

Sa voix le déprimait. À l'air libre, hors de l'espace confiné de la prison, même son célèbre grognement paraissait vieux et frêle.

L'homme haussa les épaules.

– En fait, pour être honnête, j'espérais plus ou moins que tu mourrais entre ces quatre murs. Tu es sûr que tu n'es pas mort, d'ailleurs ? Tu as une tête de cadavre, je trouve. Et l'odeur qui va avec.

– Je resterai en vie aussi longtemps que nécessaire pour accomplir ce qui doit l'être, répliqua Scarab.

Son interlocuteur hocha la tête.

– Je me doutais que tu voudrais te venger. Mais Eachan Meritorious est mort. Scelerian Serpine l'a tué.

Quelques autres ont été assassinés également pendant que tu étais à l'ombre.

Scarab plissa les yeux.

– Et Skully Fourbery ?

– Porté disparu. Deux ou trois Sans-Visage ont franchi leur petit portail, il y a de cela une dizaine de mois. Ils ont été renvoyés chez eux, mais ils ont embarqué le squelette.

– Ah, toutes ces distractions m'ont manqué, soupira Scarab.

Sans une seule dose d'humour.

– Depuis, ses amis le recherchent, ajouta l'homme. Si tu veux mon avis, il est mort. Pour de bon, cette fois. Mais tu auras peut-être de la chance ; ils vont peut-être le retrouver et le ramener. Comme ça, tu pourras le tuer aussi.

– Et Guild ?

Cette question fut accueillie par un grand sourire aux dents blanches.

– C'est le nouveau Grand Mage d'Irlande. Et une excellente cible pour toi.

Scarab ressentit un picotement dans les os, comme un léger bourdonnement, et son cœur s'emballa. C'était la magie qui revenait en lui après avoir été enfermée pendant tout ce temps. Toutefois, il ne laissa pas transparaître cette exaltation dans sa voix éraillée.

– Il n'y a pas que lui. Il y a les autres aussi. Je vais leur faire payer ce qu'ils m'ont fait. Leur monde va s'écrouler.

– J'en déduis que tu as un plan ?

– Je vais détruire le Sanctuaire.

L'homme ôta ses lunettes noires et les essuya.
— Tu as besoin d'un coup de main ?
Scarab l'observa d'un air méfiant.
— Je n'ai pas de quoi te payer et la vengeance ne rapporte rien.
— Ce sera gratuit, vieux. Et je connais des gens qui pourraient avoir envie de participer. On a tous des comptes à régler en Irlande.
Billy-Ray Sanguin remit ses lunettes noires, masquant les deux trous là où se trouvaient autrefois ses yeux.
— Je pense en particulier à une petite demoiselle.

2
Intrusion

Il lui manquait.
Sa voix lui manquait, son humour aussi, sa morgue chaleureuse, les moments passés en sa compagnie, quand elle avait enfin l'impression de vivre, aux côtés d'un mort.

Voilà onze mois qu'il avait disparu et, depuis presque un an, Valkyrie cherchait son crâne original, afin de s'en servir pour rouvrir le portail et le faire revenir. Elle dormait et mangeait uniquement quand le besoin se faisait sentir. Cette quête la dévorait entièrement. Elle passait de moins en moins de temps avec ses parents. Elle s'était rendue en Allemagne, en France et en Russie. Elle avait enfoncé à coups de pied des portes pourries, couru dans des rues sombres. Elle avait suivi les indices, comme il le lui avait appris. Et maintenant, enfin, elle approchait du but.

Skully lui avait expliqué un jour que la tête qui reposait sur ses épaules n'était pas vraiment la sienne :

il l'avait gagnée au poker. Sa véritable tête lui avait été volée dans son sommeil par de petites créatures maléfiques qui avaient ensuite disparu dans la nuit. À l'époque, il n'avait pas fourni plus de détails ; il avait rempli les trous par la suite.

Il y a vingt ans, une modeste église située au cœur de la campagne irlandaise était victime de ce qui semblait être un poltergeist. Cet esprit frappeur provoquait le chaos, terrifiait les fidèles et repoussait la police quand celle-ci voulait enquêter. Skully fut appelé à la rescousse par un vieil ami. Il arriva sur place, emmitouflé dans sa longue écharpe, son chapeau enfoncé sur le crâne.

La première chose qu'il découvrit, c'était que le coupable n'était *pas* un poltergeist. Deuxième découverte : il s'agissait certainement d'une sorte de lutin, plusieurs lutins même. Troisième découverte : cette église, bien que modeste et austère, possédait une croix en or massif accrochée derrière l'autel, et s'il y avait une chose que les lutins aimaient, c'était l'or.

— En fait, avait précisé Skully, ce que les lutins aiment le plus, c'est manger les bébés. Mais l'or arrive juste après.

Les lutins voulaient effrayer les fidèles pour les éloigner et pouvoir ainsi filer avec la croix. Skully s'installa près de l'église et attendit. Pour tuer le temps, il plongeait dans un état méditatif, auquel il s'arrachait chaque fois que quelqu'un approchait.

La première nuit, quand les lutins arrivèrent, il

bondit en braillant et en jetant des boules de feu. Terrorisés, les petits êtres maléfiques décampèrent. La deuxième nuit, ils revinrent à pas feutrés, en se parlant à voix basse pour se donner du courage. Mais Skully surgit dans leur dos en hurlant des imprécations et ils s'enfuirent de nouveau avec des couinements de peur. La troisième nuit, cependant, ils le prirent par surprise. Au lieu de se diriger vers l'église, ils se faufilèrent jusqu'à Skully et s'emparèrent de sa tête en profitant de son état de transe méditative. Lorsqu'il comprit ce qui se passait, ils avaient déjà disparu. Et Skully ne savait plus où poser son chapeau.

Coiffé désormais d'une tête qui n'était pas la sienne, Skully mena l'enquête. Celle-ci lui apprit que, par la suite, les lutins avaient eu des démêlés avec un sorcier nommé Larks, qui avait dérobé leurs misérables biens pour les revendre. L'enquête s'était arrêtée là car d'autres affaires réclamaient son attention. Depuis, Skully se promettait de la reprendre, mais il ne l'avait jamais fait, et Valkyrie avait hérité de cette tâche.

Le crâne, découvrit-elle, fut acheté par une femme qui souhaitait faire un cadeau de mariage original, et un peu troublant, à l'homme qu'elle allait épouser. La femme se servit ensuite du crâne pour battre cet homme à mort et le transformer en bouillie sanglante après avoir découvert qu'il la volait. L'enquête fut menée par des policiers « mortels » – Valkyrie détestait cette expression – qui enregistrèrent le crâne comme pièce à conviction. Baptisé désormais le Crâne-qui-tue, il se retrouva sur le marché noir et changea de mains à quatre reprises avant qu'un sorcier nommé Umbra sente les traces de magie qui l'habitaient. Umbra l'acquit et, moins d'un an plus tard, le crâne devint la possession de Thames Chabon, affairiste notoire et personnage fort louche. A *priori*, Chabon détenait toujours le crâne. Entrer en contact avec lui fut extrêmement difficile, et pour ce faire, Valkyrie fut obligée d'employer un moyen peu orthodoxe.

Ce moyen peu orthodoxe se tenait maintenant sur le trottoir de cette rue paisible, les mains dans les poches. Il s'appelait Caelan. Il avait dix-neuf ou vingt ans quand il était mort. Il était grand, avec des cheveux noirs et ses pommettes formaient comme deux entailles sur sa peau. Il jeta un rapide regard à Valkyrie qui approchait et s'empressa de détourner la tête. La nuit allait bientôt tomber. Sans doute commençait-il à avoir faim. C'était fréquent chez les vampires.

– Alors, tout est arrangé ? demanda la jeune fille.

– Chabon te retrouvera à dix heures demain matin, murmura-t-il. Au Bailey, derrière Grafton Street.

– OK.

– Ne sois pas en retard, surtout. Il n'attend pas.

– Vous êtes sûr que ce crâne est bien celui de Skully ?

– C'est ce que m'a dit Chabon. Il ne comprenait pas pourquoi il était si précieux pour toi.

Valkyrie hocha la tête, sans répondre à cette

interrogation. Elle ne lui parla pas non plus de l'Ancre d'Isthme, un objet qui appartenait à une réalité, mais résidait dans une autre. Elle ne lui expliqua pas qu'il permettait de maintenir en activité les portails installés entre ces deux réalités, et que pour ouvrir un portail à proximité de Skully, elle avait besoin de son original et d'un Téléporteur de bonne volonté. Elle avait déjà le Téléporteur. Il ne lui manquait plus que le crâne.

Caelan regarda en direction du soleil couchant.
— Je ferais bien d'y aller, dit-il. Il est tard.
— Pourquoi faites-vous ça ? demanda subitement Valkyrie. Je ne suis pas habituée à ce que les gens m'aident sans raison.

Caelan évitait toujours de la regarder.
— Il y a quelque temps, tu as emprisonné un individu nommé Dusk. Je n'aime pas cet homme.
— Je ne le porte pas dans mon cœur, moi non plus.
— Tu l'as balafré, je crois.
— Il l'avait cherché.
— En effet.

Caelan sembla hésiter un instant, puis s'en alla. Sa démarche rappelait la redoutable élégance prédatrice d'un fauve.

Dès qu'il fut parti, Tanith Low sortit d'une ruelle, sur le trottoir opposé, cheveux blonds et cuir marron, cachant son épée sous son long manteau.

Tanith ramena Valkyrie chez elle. Postée sous la fenêtre de sa chambre, la jeune fille écarta les bras, s'accrocha à l'air vif et s'en servit pour se hisser jusqu'au rebord. Elle tapa au carreau et une petite lumière s'alluma. La fenêtre s'ouvrit. Son propre visage – yeux et cheveux foncés – l'observa.

– Je croyais que tu ne devais pas rentrer ce soir, lui dit son reflet.

Valkyrie enjamba le rebord sans répondre. Son reflet la regarda fermer la fenêtre et ôter sa veste. Il faisait aussi froid à l'intérieur qu'au-dehors et Valkyrie frissonna. Son reflet fit de même, mimant une réaction humaine à une sensation qu'il n'avait jamais éprouvée.

– Au dîner, on a eu des lasagnes, raconta-t-il. Papa a essayé d'obtenir des billets pour le match de foot de dimanche, mais en vain pour l'instant.

Valkyrie était fatiguée ; elle se contenta de faire un geste en direction de la glace en pied fixée à l'intérieur de la porte de la penderie. Son reflet, qui n'était pas susceptible, pénétra dans le miroir, se retourna et attendit. Valkyrie toucha la glace et les souvenirs de son double pénétrèrent dans son esprit pour prendre place à côté des siens. En refermant la penderie, elle constata qu'elle n'était pas rentrée depuis huit jours. Elle eut soudain envie de voir ses parents, pour de vrai, plutôt que de se satisfaire des souvenirs vus par les yeux d'un double indifférent. Hélas, son père et sa mère dormaient au bout du couloir, et Valkyrie savait qu'elle devrait attendre demain matin.

Elle ôta l'anneau noir qui ornait son doigt et le

posa sur la table de chevet. Hideous, Tanith et China n'aimaient pas cet anneau : c'était un outil de nécromancien, après tout. Mais pour affronter tout ce qu'elle avait dû affronter au cours de ces onze derniers mois, elle avait eu besoin d'un petit coup de pouce et ses dispositions naturelles pour la nécromancie lui avaient fourni la force pure qu'elle réclamait.

Elle se déshabilla en laissant tomber par terre son haut sans manches et son pantalon sur ses bottes. Les vêtements confectionnés par Hideous Quatépingles ne se froissaient pas, ce dont Valkyrie lui était immensément reconnaissante. Après avoir enfilé son caleçon et le nouveau maillot de foot de l'équipe de Dublin que son père lui avait offert à Noël, elle se mit au lit. Elle éteignit la lumière et s'empressa de ramener son bras sous les couvertures.

« Demain », se dit-elle. Demain, ils trouveraient le crâne et ils s'en serviraient pour ouvrir le portail. Où que soit Skully, le portail le plus proche s'ouvrirait. Valkyrie songeait à ce qu'elle ferait en le revoyant. Elle s'imaginait courant vers lui et le serrant dans ses bras, en sentant son squelette à travers les vêtements qui lui conféraient une certaine épaisseur. Elle essayait de deviner quels seraient ses premiers mots. Une remarque pince-sans-rire assurément. Drôle. Une fanfaronnade sans doute.

En regardant le réveil posé sur la table de chevet, Valkyrie s'aperçut qu'elle était couchée depuis plus d'une heure. Elle soupira, retourna son oreiller sur le côté frais et changea de position, en chassant toutes ces pensées pour savourer enfin l'étreinte du sommeil.

Un sommeil agité néanmoins, intermittent, et elle finit par se réveiller en pleine nuit pour découvrir quelqu'un penché au-dessus d'elle. Son cœur fit un bond dans sa poitrine mais, malgré la panique, elle dressa mentalement une liste de possibilités – maman, papa, Tanith –, tandis que l'homme refermait ses mains glacées autour de sa gorge.

Valkyrie se tortilla en essayant de donner des coups de pied, mais les draps entravaient ses jambes. Elle tenta de desserrer l'étau de ces mains, en vain, son agresseur était beaucoup trop fort. Il enfonçait ses doigts dans sa gorge. Le sang battait à ses tempes ; elle allait s'évanouir.

Enfin, elle parvint à repousser les draps et les couvertures. Elle balança son pied dans la cuisse de l'homme. Il recula la jambe sans relâcher pour autant la pression de ses mains. Alors, elle glissa les deux pieds sous le ventre de son agresseur et tenta de le repousser. La silhouette sombre demeura penchée au-dessus d'elle. Aucun doute, elle allait mourir. Lâchant un des poignets de l'homme, elle fit pression sur l'air, mais son geste manquait de puissance. Tendant la main vers l'anneau de nécromancien, elle parvint à le glisser autour de son doigt ; elle sentit immédiatement les ténèbres qui l'habitaient, froides et ondulantes. Elle ferma la main et frappa. Un poing d'ombres s'écrasa sur la poitrine de l'homme et les doigts meurtriers se retirèrent aussitôt; il recula en titubant. Valkyrie se leva d'un bond, plaqua ses paumes contre l'air; l'homme fut arraché du sol et projeté en arrière. Il heurta le mur et s'écroula en fracassant le bureau. Valkyrie claqua des doigts pour faire naître le feu dans sa main, illuminant ainsi la chambre.

Elle ne le reconnut pas immédiatement. À cause de sa tenue: plusieurs épaisseurs de vêtements déchirés et sales, des bottes crottées de boue séchée et des mitaines. Les cheveux étaient plus longs, ébouriffés, et le visage noir de crasse. C'est sa barbe qui le trahit. Le petit bouc que Remus Crux arborait pour masquer son menton fuyant.

Elle entendit son père crier son nom. Elle s'empressa d'éteindre le feu. Ses parents allaient faire irruption dans la chambre! Elle entoura son lit d'une traînée d'ombres pour le déplacer jusque derrière la porte afin de la bloquer.

– Stephanie! hurla sa mère dans le couloir, en actionnant vainement la poignée de la porte.

Valkyrie se retourna vers Crux au moment où celui-ci se jetait sur elle et la projetait contre le mur. Elle rebondit et lui rentra dedans, genou en avant. Elle sauta de nouveau, jambes tendues, et ses pieds s'écrasèrent sur la poitrine de Crux. Il recula, s'empêtra dans les vêtements éparpillés par terre et tomba à la renverse. Sa tête heurta la table de chevet.

Pendant ce temps, ses parents tentaient d'enfoncer la porte.

Dans un espace clos, la maîtrise de la magie élémentaire ne servirait à rien. Valkyrie sentit la froideur de l'anneau de nécromancien alors qu'elle aspirait l'obscurité. Elle la rassembla sous forme compacte et la libéra d'un seul coup. Atteint à l'épaule, Crux eut un mouvement de recul. Valkyrie recommença et atteignit cette fois la jambe gauche, qui se déroba sous lui.

– Steph! brailla son père. Ouvre cette porte! Ouvre-nous immédiatement!

Crux se jeta sur elle avant qu'elle puisse frapper de nouveau. D'une main, il lui agrippa le poignet de façon à éloigner l'anneau et, de l'autre, il lui serra la gorge. Il la plaqua contre le mur, en se collant contre elle, la privant ainsi de ses armes. Dans ses yeux, Valkyrie voyait la folie.

Soudain, la fenêtre vola en éclats, les inondant de bris de verre. Valkyrie poussa un petit cri lorsque Crux fut violemment tiré en arrière. Dans un tourbillon, un millier de flèches d'ombres foncèrent sur lui; il eut juste le temps de se jeter à terre pour éviter le tir de barrage. Avec un ultime grognement, il plongea par la fenêtre brisée.

Solomon Suaire se tourna vers elle pour s'assurer qu'elle n'avait rien, alors que les ombres s'enroulaient autour de la canne qu'il tenait dans sa main.

La porte percuta le lit, qui recula brutalement. Suaire suivit Crux par la fenêtre et Valkyrie poussa son lit sur le côté. Ses parents se ruèrent dans la chambre; sa mère la serra dans ses bras pendant que son père faisait la chasse à l'intrus.

– Où est-il ? cria-t-il.

Valkyrie le regarda par-dessus l'épaule de sa mère.

– Qui ça?

Elle n'avait pas besoin de faire un gros effort pour paraître secouée.

Son père se retourna vivement vers elle.

– Qui était là ?

– Personne.

Sa mère la prit par les épaules et recula pour la regarder droit dans les yeux.

– Que s'est-il passé, Steph ?

Valkyrie contempla la chambre.

– Une chauve-souris, décida-t-elle.

Son père se figea.

– Quoi ?

– Une chauve-souris. Elle est entrée par la fenêtre.

– Une… chauve-souris ? On aurait plutôt dit une *agression*.

– Attendez un peu, dit sa mère. On a entendu la fenêtre se briser *après* le vacarme.

Zut.

– Oui, c'est juste, dit Valkyrie. En fait, elle était déjà dans la chambre. Dans le coin, là-bas. Elle a dû entrer il y a quelques jours et hiberner ou je ne sais quoi.

– Stephanie, dit son père, cette pièce ressemble à un champ de bataille !

– J'ai paniqué. C'était bien une chauve-souris,

papa. Énorme. Quand je me suis réveillée, elle voltigeait dans la pièce et je suis tombée contre mon bureau. Elle s'est posée par terre et j'ai essayé de l'écraser avec le lit. Ensuite, elle est passée à travers la fenêtre.

Valkyrie espérait que ses parents ne remarqueraient pas que les éclats de verre se trouvaient à l'intérieur.

Visiblement soulagé, son père laissa retomber ses épaules en soupirant.

– J'ai cru qu'il se passait une chose épouvantable.
– C'était épouvantable, papa ! Elle aurait pu s'accrocher dans mes cheveux.

Après avoir vérifié qu'elle ne s'était pas coupée en marchant sur des bris de verre, sa mère lui installa un lit dans la chambre d'amis et ses parents lui souhaitèrent enfin bonne nuit.

Valkyrie attendit d'être certaine qu'ils s'étaient recouchés pour sortir en douce par la fenêtre. Elle se laissa tomber dans le vide en utilisant la force de l'air pour ralentir sa descente. Ses pieds nus touchèrent l'herbe humide. Elle noua ses bras autour de sa poitrine en grelottant.

– Il a filé, déclara Suaire dans son dos.

Elle se retourna. Il était là, grand et beau, dans le genre pâlot, tout de noir vêtu. Il était aussi grand que Skully, et aussi calme, mais ils partageaient d'autres points communs. C'étaient deux excellents professeurs. Skully lui avait enseigné la magie des éléments et Solomon Suaire lui enseignait la nécromancie, mais l'un et l'autre la traitaient en égale. On ne pouvait pas en dire autant de tous les mages qu'elle avait rencontrés. Parmi les autres talents que partageaient Skully et Solomon, il y avait celui d'arriver juste au bon moment, ce dont Valkyrie leur était particulièrement reconnaissante.

– Que faites-vous ici ? demanda-t-elle.

Elle ne prit pas la peine de le remercier. Suaire ne croyait pas aux remerciements.

Ses yeux brillèrent quand ils se posèrent sur elle.

– J'ai appris que Crux avait été vu dans les parages, expliqua-t-il. Naturellement, j'en ai déduit qu'il voulait s'en prendre à toi. J'avais vu juste, on dirait.

– Pourquoi vous ne m'avez pas prévenue ? demanda Valkyrie en claquant des dents.

– L'appât n'a pas besoin de savoir qu'il sert d'appât. Crux aurait pu flairer le piège et il aurait décampé.

– Je n'apprécie pas d'être un appât, Solomon. En outre, il aurait pu s'attaquer à ma famille.

– Il ne veut pas faire de mal à ta famille. Nous ignorons *pourquoi* il t'en veut, mais nous savons qu'il t'en veut.

Suaire ne lui avait pas proposé son manteau ; Skully, lui, l'aurait fait depuis longtemps.

– Je ne veux pas que cela se reproduise, déclara Valkyrie. Ma ville est une zone interdite. China Spleen peut placer des symboles et des sceaux pour l'empêcher de pénétrer à Haggard. Demain, je lui demanderai de faire le nécessaire.

– Très bien.

– Solomon, la prochaine fois qu'une chose comme ça se reproduit, je compte sur vous pour me prévenir *avant* que je me fasse attaquer.

Le nécromancien sourit.

– J'essaierai de m'en souvenir. Tu peux retourner chez toi sans crainte, je monterai la garde jusqu'au matin.

Valkyrie vint se placer sous la fenêtre de la chambre d'amis.

– Oh, et le crâne ? demanda Suaire. Tu penses le récupérer bientôt ?

– On a rendez-vous avec le vendeur demain.

– Tu es sûre que c'est le bon ? Tu as déjà connu des déceptions.

– Cette fois, c'est différent. Il faut que ce soit le bon.

Il la salua en s'inclinant, puis tapota le sol avec sa canne pour ordonner aux ombres de l'envelopper. Quand elles se dispersèrent, il avait disparu. C'était un truc de nécromancien, semblable à la téléportation, mais avec une portée inférieure. Dans le temps, Valkyrie était impressionnée. Plus maintenant.

Elle agita les bras et un souffle de vent froid la souleva le long de la façade. Elle entra par la fenêtre, la referma et essuya ses pieds mouillés sur la moquette. Elle se glissa dans le lit et se recroquevilla sous les couvertures en une boule frissonnante.

La nuit fut courte.

3
Le plan, pour ce qu'il vaut

Le lendemain matin, Valkyrie regagna sa chambre. Il y faisait froid. Il y avait des bris de verre sur le sol et le bureau était en pièces. Elle appela China Spleen pour lui expliquer ce dont elle avait besoin. Depuis six mois, China enseignait à de jeunes sorciers le langage de la magie ; elle promit à Valkyrie de lui envoyer ses élèves pour installer un système d'alarme autour de la ville.

Valkyrie la remercia et, après avoir raccroché, elle ouvrit sa penderie pour toucher le miroir. Son reflet en sortit et alla se glisser sous le lit pendant que Valkyrie enfilait son uniforme scolaire et descendait. Cela faisait plus d'une semaine qu'elle n'avait pas pris son petit déjeuner avec ses parents et elle avait hâte de les retrouver. Par ailleurs, elle était bien décidée à faire revenir Skully dès aujourd'hui.

Comme on pouvait s'y attendre, ses parents lui

parlèrent de la fenêtre brisée – son père se disait capable de la remplacer, mais sa mère avait des doutes.

– Je prends une demi-journée, annonça-t-il. Je dois rejoindre quelques clients pour les emmener faire un petit neuf trous rapide.

Son épouse le regarda.

– Un quoi ?

– C'est un terme de golf. Je voulais les inviter à la finale du championnat de foot dimanche, mais un parcours de golf cet après-midi, ça fera l'affaire.

– Tu ne joues pas au golf, souligna son épouse.

– Non, mais j'en ai vu à la télé, ça n'a pas l'air bien sorcier. Il suffit de taper dans la balle avec un machin.

– Un club.

– Difficile de faire plus simple.

– Tu as des problèmes de coordination et tu détestes marcher longtemps en portant quelque chose. Tu dis toujours que le golf est un sport idiot.

– C'est un sport idiot.

– Alors, pourquoi veux-tu emmener tes clients jouer au golf ?

– Pour la tenue, premièrement. Les pulls à encolure en V avec des losanges et les pantalons courts avec les chaussettes qui remontent.

– Je crois que les gens ne s'habillent plus comme ça.

– Oh.

Valkyrie songeait souvent que ses parents étaient parfaitement faits l'un pour l'autre. Personne d'autre ne serait capable d'apprécier à quel point ils étaient étranges.

Son petit déjeuner terminé, elle remonta dans sa chambre pour revêtir ses vêtements noirs. Son reflet récupérait chaque élément de son uniforme scolaire à mesure qu'elle les ôtait, pour les enfiler à sa place.

Dans une ville baptisée Roarhaven, presque deux ans plus tôt, Skully avait abattu le reflet. Celui-ci avait été créé au départ pour remplacer Valkyrie pendant qu'elle se trouvait avec Skully, mais à cause d'un usage trop intensif, il avait commencé à se livrer à certaines excentricités, un problème résolu par sa « mort ». Ils avaient replacé le corps dans le miroir, et le reflet avait repris son rôle de doublure, mais à partir de là, il était devenu encore plus imprévisible. Il s'était affranchi de certaines de ses contraintes – le changement de vêtements en était un parfait exemple – et parfois, il était victime de brefs trous de mémoire.

Mais Valkyrie n'avait pas le temps de se soucier de ce problème pour l'instant. Elle devait récupérer le crâne de Skully. En outre, *quelqu'un* devait aller à l'école aujourd'hui, et ce ne serait certainement pas *elle*.

Elle boutonna son pantalon noir, puis mit ses bottes en laissant retomber le revers du pantalon par-dessus. Bien que sans manches, le haut était chaud, et quand elle enfila la veste, ce fut comme si elle portait soudain des sous-vêtements en Thermolactyl. La matière réagissait à l'environnement et à la température de son corps de façon à lui assurer un confort maximal en toutes circonstances. La veste était noire, mais les manches avaient la couleur rouge sombre du sang séché. Une création signée Hideous Quatépingles.

Le reflet prit le sac d'école de Valkyrie et sortit en refermant la porte derrière lui.

Valkyrie appela Fletcher Renn qui surgit aussitôt du néant, à côté d'elle. Le portable grésilla dans la main de la jeune fille ; le réseau s'affolait. Les cheveux blonds de Fletcher avaient été laborieusement décoiffés et son sourire affichait l'habituel mélange de suffisance et de moquerie. Il portait un jean usé, des bottes éraflées et une veste de treillis ; le seul problème de son look, c'était que Fletcher savait que ça lui allait bien.

Son sourire disparut quand il vit l'état de la chambre.

– Hé, qu'est-ce qui s'est passé ici ?

– J'ai été agressée.

Les yeux écarquillés, il la saisit par le bras, comme pour s'assurer qu'elle était toujours vivante.

– Ça va ? Tu es blessée ? Qui a fait ça ?

– Je vais bien, Fletcher. Je te raconterai tout en même temps qu'aux autres.

– Ce n'était pas le vampire, si ?

– Quoi ?

Fletcher lâcha Valkyrie et recula.

– Comment il s'appelle déjà ? Le ringard. Le méchant vampire au sale caractère.

– Il s'appelle Caelan. Et ce n'est pas lui, évidemment.

– Bon, OK. Mais tu es sûre que tout va bien ?

– Ça va.

– Qu'est-ce qu'il a dit, au fait ? Le vampire.

– Il a organisé un rendez-vous, comme promis.

– Pas de papotage ?

– Ce n'est pas son genre.

– Fort et silencieux, hein ?

– Oui, je suppose. Et le soleil allait se coucher.

– Ah. Je vois. Il ne voulait pas se transformer en horrible monstre et te déchiqueter dès votre premier rendez-vous.

– Je sens que tu ne l'apprécies pas beaucoup.

– Non. À cause du côté horrible monstre. Et toi ?

– Si je l'apprécie ? Je ne le connais même pas.

– Très bien. (Fletcher semblait satisfait.) Je peux te poser une question ?

– C'est déjà fait.

– Je peux t'en poser une autre ?

– Tu pourrais me la poser dans un endroit où mes parents n'entendront pas ?

Il la prit par la main et en un clin d'œil, ils se retrouvèrent sur le toit de l'atelier de Hideous Quatépingles. Désormais, la téléportation ne lui faisait même plus tourner la tête.

– Vas-y, pose ta question, dit-elle.

Après un moment d'hésitation, il demanda d'un ton désinvolte :

– Tu crois que tout redeviendra comme avant pour toi, une fois que tu auras récupéré Skully ? Vous continuerez à résoudre des crimes, à vivre des aventures et tout ça ?

– J'espère. Je ne vois pas ce qui nous en empêcherait.

– Tant mieux. C'est bien que cette histoire se termine enfin, non ? Après tout ce qu'on a fait et enduré.

– Ces derniers mois ont été épouvantables, reconnut Valkyrie.

– Oui, je sais. Mais en même temps… j'ai aimé ça.

Valkyrie ne dit rien.

– Ne te méprends pas ! ajouta Fletcher en riant. Je n'ai pas aimé ça parce que Skully était perdu et que tu te faisais du souci pour lui. Je veux juste dire que j'ai trouvé ça chouette de participer. J'étais heureux de faire partie d'une équipe.

– Ah, d'accord.

– Alors, j'ai pensé que… Je me demandais si… Tu crois qu'il accepterait que je vous accompagne dans vos enquêtes ?

Valkyrie fut prise au dépourvu.

– Je… je ne sais pas.

– Je vous serais super utile, reconnais-le. Vous n'auriez plus besoin de vous trimbaler dans sa vieille bagnole.

– Il adore sa Bentley. Et moi aussi.

– Oui, je sais. Mais n'empêche, tu pourrais peut-être lui en parler, quand il reviendra.

– D'accord, je lui en parlerai.

– Sauf si *tu* ne veux pas de moi.

Valkyrie dressa un sourcil.

– J'ai dit ça ?

– Non, mais… En fait, si, tu l'as dit. Souvent même.

Elle haussa les épaules.

– Je dis ça quand tu m'agaces.

– Je t'ai agacée récemment ?

– Pas plus tard que maintenant.

Fletcher sourit et Valkyrie lui tendit la main.

– Descendons.

Il lui prit la main et s'inclina.

– Bien, madame.

Ils se retrouvèrent instantanément dans l'atelier de Quatépingles.

– Tu peux me lâcher la main maintenant, dit Valkyrie.

– Oui, je sais. Mais je n'en ai pas envie.

Elle exécuta une rotation du poignet pour l'obliger à la libérer de manière relativement indolore.

Dans l'air flottaient une odeur de café et les échos d'une conversation. En entrant dans la pièce, ils découvrirent Tanith et le maître des lieux assis à une petite table près du mur. Hideous secouait sa tête couverte de cicatrices d'un air dégoûté.

– Que se passe-t-il ? interrogea Valkyrie.

– Dreylan Scarab est sorti de prison hier, expliqua Tanith.

– Qui est ce Dreylan Scarab ? demanda Fletcher.

– L'assassin d'Esryn Vantgarde.
– Et qui cet Esryn Vantgarde ?
Valkyrie se félicitait de la présence de Fletcher. Enfin quelqu'un qui en savait encore moins qu'elle !
– Vantgarde était un ex-soldat devenu pacifiste, expliqua Hideous.
Valkyrie remarqua que le bord d'un pansement dépassait de son col de chemise. Elle ne fit aucun commentaire.
– C'était il y a... deux cents ans peut-être. Il voulait mettre fin à la guerre contre Mevolent en instaurant un traité de paix selon lequel aucun des deux camps n'était vainqueur.
– Une solution de bon sens, autrement dit, ajouta Tanith. C'était bien avant mon époque, mais je me souviens que mes parents parlaient de lui.
Hideous reprit :
– Hélas, Mevolent en a eu assez de le voir miner constamment le moral et la détermination de ses troupes, alors il a chargé Scarab de l'assassiner.
– Et aujourd'hui, deux cents ans plus tard, enchaîna Tanith, Scarab a purgé sa peine et il sort de prison. À vrai dire, je suis surprise qu'il ait tenu tout ce temps. Généralement, après quelques années passées en cellule, les sorciers recommencent à vieillir. Tout le monde pensait, à mon avis, qu'il succomberait au grand âge.
– Il devrait être mort, renchérit Hideous. Il a assassiné un grand homme.

— Vous savez qui d'autre devrait être mort à l'heure qu'il est ? s'exclama Fletcher joyeusement. Valkyrie ! Quelqu'un l'a agressée la nuit dernière.

Tanith et Hideous ouvrirent de grands yeux. Valkyrie poussa un soupir et leur parla de Crux.

Hideous fronça les sourcils.

— Et Suaire passait justement par là ? Si ça se trouve, c'est lui qui a tout orchestré, uniquement pour pouvoir intervenir et jouer les sauveurs.

— Il n'a pas joué les sauveurs, répliqua Valkyrie, sur la défensive. Je me serais débarrassée de Crux sans lui. D'une manière ou d'une autre.

— Hideous a raison, dit Tanith. On ignore ce que Crux manigance depuis Aranmore. Sa brève rencontre avec les Sans-Visage lui a grillé les neurones, Val. Il a très bien pu tomber sous la coupe de Suaire.

— Solomon Suaire est de notre côté, répondit la jeune fille, fatiguée de cette discussion, d'autant qu'ils l'avaient déjà eue des dizaines de fois. Et pourquoi enverrait-il Crux m'attaquer ? Qu'aurait-il à y gagner ?

Tanith haussa les épaules.

— Nous sommes sur le point de récupérer Skully et il est sur le point de perdre sa précieuse élève. Il cherche à gagner ta confiance et, s'il a de la chance, tu choisiras la nécromancie plutôt que la magie des éléments.

Valkyrie sentit la présence de l'anneau autour de son doigt. Elle l'avait gardé toute la nuit.

— On s'occupera de ça plus tard, dit-elle.

– Un fou t'agresse en pleine nuit, insista Tanith, sourcils dressés, un fou qui, même du temps où il était sain d'esprit, te détestait, et tu veux qu'on tire un trait ?

Fletcher observa Hideous et demanda, avec son tact habituel :

– Hé, c'est quoi ce pansement ?

Hideous ajusta son col.

– Ce n'est rien, répondit-il d'un ton bourru.

– Vous vous êtes coupé en vous rasant ? Ça vous arrive souvent ?

Hideous soupira.

– J'ai demandé à China si elle pouvait m'aider à me fondre dans la foule. J'en ai assez des déguisements. Elle a eu l'idée d'un tatouage de façade. C'est tout.

– C'est quoi, un tatouage de façade ? demanda Tanith.

– Peu importe.

– Dis-nous ce que c'est, dans ce cas, qu'on puisse passer à des choses importantes.

– C'est un faux visage, répondit Hideous en essayant de masquer son embarras derrière l'agacement. Elle m'a tatoué deux symboles sur la clavicule et quand ils auront cicatrisé, théoriquement, j'aurai une apparence normale pendant une courte période.

– Normale ?

– Sans cicatrices.

– Ouah !

– Je le répète, c'est sans importance.

– Quand est-ce que tu vas pouvoir essayer ?

– Dans quelques heures. Il se peut que ça ne marche pas, mais… ça vaut le coup de tenter cette expérience. C'est mieux que de devoir mettre une écharpe chaque fois que je sors. En attendant, revenons à l'affaire qui nous préoccupe. L'avion de Chabon atterrit dans une heure, c'est bien ça ?

– Il serait déjà ici s'il avait accepté que j'aille le chercher, souligna Fletcher.

– Il n'a pas confiance en nous, dit Valkyrie. Son métier consiste à acheter et à vendre, et les gens avec qui il traite ne sont pas toujours aussi honnêtes que nous.

Fletcher haussa les épaules.

– Je lui aurais fauché le crâne et je me serais téléporté ici.

Valkyrie soupira.

– On a l'argent ?

Tanith donna un coup de pied dans un sac de toile posé par terre près d'elle.

– On a tous pioché dans nos différents comptes en banque. Heureusement que l'argent ne compte pas pour les gens comme nous.

– Parlez pour vous, grommela Fletcher.

– Tu n'as pas donné un sou, répliqua Tanith.

– Donner son *temps*, ça ne suffit pas ?

– Non, pas quand on essaye d'acheter quelque chose.

– Oh.

Tanith se retourna vers Valkyrie.

– Relax, Val, OK ? On a pensé à tout.

– Skully m'a dit un jour que lui seul pouvait penser à tout, mais il ne le faisait pas souvent car ça gâchait le plaisir.

Cette réflexion arracha un sourire à Tanith.

– Dans ce cas, nous avons pensé à tout ce à quoi nous pouvons penser tous les quatre et nous ne voyons pas ce qui a pu nous échapper. Il n'y a aucune raison d'imaginer que ce sera plus compliqué qu'un simple échange. Tu vas au rendez-vous, tu donnes l'argent, tu récupères le crâne, merci beaucoup et au revoir. Cet après-midi, on ira à Aranmore et Fletcher ouvrira le portail. On entre, on trouve Skully et on le ramène. Un jeu d'enfant.

– Sauf si ça se passe mal, dit Valkyrie.

– Oui, bien sûr. Sauf si ça se passe affreusement et horriblement mal. Comme c'est généralement le cas.

4
Apportez-moi la tête de Skully Fourbery

Chabon avait choisi un café de Duke Street pour procéder à l'échange. Valkyrie et Tanith étaient assises face à la porte. Installé près de la vitre, Fletcher lisait une bande dessinée et buvait un Coca en faisant de son mieux pour passer inaperçu ; pas facile avec ses cheveux. Seul Hideous manquait à l'appel. Il ne pouvait pas dissimuler très longtemps ses cicatrices.

Peu après midi, un homme entra, en portant une mallette. Il repéra immédiatement Valkyrie et Tanith et s'approcha d'elles. Il ne correspondait pas à l'idée que s'en était faite Valkyrie. Sa tenue était décontractée et il n'avait même pas de fine moustache.

– Bonjour, mesdames, dit-il avec un sourire poli. Vous avez mon argent ?

– Montrez-nous le crâne, répondit Valkyrie.

Chabon posa la mallette sur la table et la tapota.

– Vous verrez la marchandise seulement quand je

serai sûr que vous avez l'argent. C'est ainsi que ça se passe.

Tanith souleva le sac de toile posé à ses pieds et l'ouvrit pour que Chabon voie les billets qui s'y trouvaient. Elle le referma rapidement et le garda sur ses genoux.

Valkyrie voulut prendre la mallette, mais Chabon lui saisit le poignet.

– Vous êtes très impatiente, dit-il d'une voix glaciale.

Il lui tourna le poignet et plissa les paupières en découvrant l'anneau.

– Vous êtes une nécromancienne ? Je croyais qu'ils ne quittaient pas le *Temple* avant l'âge de vingt-cinq ans.

Valkyrie récupéra sa main.

– Je fais ça en amateur, dit-elle. À vous, maintenant.

Chabon appuya sa paume sur la mallette et les serrures s'ouvrirent toutes seules. Il l'entrebâilla, juste assez pour que ses deux interlocutrices puissent voir son contenu.

– C'est le Crâne-qui-tue ? demanda Tanith. Vous en êtes sûr ?

– Absolument.

– Si vous nous mentez…, dit Valkyrie.

Chabon secoua la tête.

– Ne me menacez pas, petite. J'ai été menacé par des professionnels. J'ai déjà eu cette discussion avec votre ami vampire. Tous les faits ont été établis et ils restent vrais aujourd'hui. Alors, à moins que vous ayez l'intention de me doubler en faisant intervenir ce jeune type à la coupe de cheveux ridicule, là-bas près de la vitre, je vous propose de conclure notre affaire et de repartir chacun de notre côté. J'ai un avion à prendre.

Valkyrie se tourna vers Tanith, qui posa le sac de toile sur la table. Chabon glissa la main à l'intérieur pour palper les billets.

– Tout est là, dit Tanith.

Après quelques secondes, l'homme hocha la tête.

– En effet.

Il ressortit sa main et se leva, en prenant le sac et en laissant la mallette sur la table.

– Ce fut un plaisir, dit-il.

Elles le regardèrent partir.

Fletcher les rejoignit. Valkyrie entrouvrit la mallette. Le crâne reposait confortablement sur la doublure capitonnée. Un large sourire éclaira le visage de la jeune fille.

Ils l'avaient! Ils avaient enfin le crâne et, dans quelques heures, ils franchiraient le portail pour récupérer Skully. Tout son travail serait enfin récompensé, et à la fin de la journée, sa vie pourrait reprendre son cours normal. Elle referma la mallette.

– Je veux juste être sûre, dit-elle.

Elle se précipita vers la porte. En sortant du café,

elle eut juste le temps de voir Chabon tourner dans Grafton Street.

– Hé ! s'écria-t-elle, le visage déformé par la fureur.

L'homme d'affaires se retourna. Si le crâne était authentique, il n'avait aucune raison de paniquer. Si ce n'était pas le bon… Paniqué, Chabon prit ses jambes à son cou.

– C'est un faux ! rugit-elle en s'élançant à sa poursuite.

Tanith et Fletcher lui emboîtèrent le pas.

Valkyrie plongea au milieu de la foule des passants pour ne pas se laisser distancer par Chabon. Elle sauta par-dessus la soucoupe d'un musicien de rue et évita de justesse un type peint couleur argent de la tête aux pieds. Chabon tourna à droite dans une longue artère ensoleillée ; le sac de toile se balançait furieusement dans sa main.

Si la rue avait été déserte, Valkyrie aurait lancé une vrille d'ombres pour lui entraver les chevilles et le faire trébucher, mais des dizaines de personnes déambulaient le long des boutiques et une femme faisait la manche juste devant elle. Du coin de l'œil, Valkyrie vit Tanith se jeter dans un renfoncement et escalader la façade d'un immeuble. La jeune fille suivit Chabon jusque dans la rue suivante où, en levant les yeux, il découvrit Tanith qui courait de toit en toit pour lui couper la route. Il renversa un vieil homme et s'engouffra dans un centre commercial. Valkyrie prit la rue parallèle. À travers les vitres du bâtiment, elle le vit se frayer difficilement un chemin au milieu des nombreux clients d'un restaurant.

Elle atteignit South William Street au moment où Chabon émergeait, en titubant, à l'autre extrémité du centre commercial. Quand il la vit, il poussa un juron et continua à courir, traversa Castle Market, avant de pénétrer dans le vieux bâtiment victorien qui abritait un autre centre commercial. Valkyrie comprit alors qu'elle le tenait : il n'avait plus aucune chance de lui échapper.

Les stands installés au centre de la galerie divisaient les promeneurs en deux flots. Il y avait des stands de vêtements, des stands de bijoux et une diseuse de bonne aventure assise derrière un rideau rouge. Chabon opta pour le côté gauche, en bousculant des gens sur son passage. Soudain, il trébucha sur un carton rempli de vieux livres de poche. Valkyrie accéléra et bondit ; ses genoux vinrent percuter le dos du fugitif. Celui-ci s'affala à plat ventre au milieu des badauds stupéfaits. Quand il voulut récupérer le sac qui lui avait échappé, Valkyrie lui marcha sur la main. Il poussa un hurlement et décocha un coup de pied. Elle sentit ses jambes se dérober. Elle s'écroula sur le sol, tandis que Chabon se relevait, en tenant le sac dans sa main intacte, mais elle parvint à attraper la sangle et refusa de lâcher prise. Chabon se souvint, trop tard, qu'elle n'était pas seule.

Tanith s'envola au-dessus de Valkyrie et le talon de sa botte frappa le sternum de Chabon. On entendit un craquement ; il s'effondra et roula plusieurs fois sur lui-même avant de se recroqueviller. Valkyrie se releva au moment où Fletcher les rejoignait, essoufflé comme quelqu'un qui n'a pas couru depuis longtemps.

– Tiens, dit Valkyrie en lui collant le sac de toile dans les bras.

Elle adressa un grand sourire aux curieux rassemblés et expliqua :

– Ce pauvre garçon s'était fait voler son sac par ce sale type.

Fletcher la foudroya du regard, alors que la foule l'applaudissait. De son côté, Tanith releva Chabon et l'emmena. Valkyrie et Fletcher la suivirent.

– Ce n'était pas nécessaire, grommela ce dernier.

– Si tu avais été plus rapide, peut-être que tu aurais été le héros. Mais comme tu as été trop lent, tu joues le rôle de la victime innocente. Tu t'en remettras.

Tanith entraîna Chabon à l'écart des passants pour qu'ils puissent bavarder loin des oreilles indiscrètes. Elle le plaqua contre le mur. Il tenait sa main sur sa poitrine en grimaçant de douleur.

– Où est le véritable Crâne-qui-tue ? demanda Valkyrie à voix basse.

– Je vous l'ai donné, dit-il. (Elle appuya sur sa main blessée et il couina.) OK ! Stop ! Je l'avais, je vous le jure. Quand je vous ai parlé au téléphone, je l'avais.

– Qu'en avez-vous fait, alors ?

Chabon était livide. Il transpirait.

– Il y a... Écoutez, il existe une règle dans ma

profession. Si vous détenez une chose que quelqu'un veut vous acheter, il est fort probable que quelqu'un d'autre soit prêt à payer plus.

– Vous avez fait monter les enchères ?

– Disons que j'en ai parlé à droite et à gauche, et une personne est venue me trouver avec une meilleure offre.

– Qui ça ?

– Je ne sais pas.

Valkyrie serra le poing et l'appuya fortement contre la main de l'escroc. Tanith eut du mal à le maintenir debout.

– Une femme…, hoqueta-t-il. Je l'ai rencontrée il y a une heure. Elle m'a donné le triple. Je pensais que vous ne vous apercevriez de rien. Ce n'est qu'un crâne après tout. Qu'a-t-il de si important ?

– Cette femme, elle était comment ? demanda Tanith.

– Brune. Assez jolie. Très professionnelle.

– Un nom, ordonna Valkyrie. Un numéro de téléphone, une adresse, n'importe quoi.

– C'est elle qui m'a appelé. En masquant son numéro. Nous nous sommes rencontrés à l'aéroport dans le hall des arrivées. Elle avait l'argent, alors je lui ai remis le crâne. Et j'en ai acheté un autre, pour vous.

– Vous avez intérêt à nous aider à la retrouver, intervint Fletcher. Sinon je vous téléporte au milieu du Sahara et je vous laisse là-bas.

Chabon l'observa ; il semblait évaluer si cette

menace était sérieuse. Apparemment, il décida que oui.

– C'est une Américaine. De Boston, d'après son accent. Et elle a des yeux bizarres… un vert et un bleu.

– Hétérochromie, dit Tanith. Davina Marr.

Valkyrie sentit son estomac se nouer. Davina Marr avait été choisie par le Sanctuaire irlandais pour assumer la fonction d'inspectrice principale. Valkyrie avait déjà eu affaire à elle plusieurs fois ; elle la trouvait ambitieuse, condescendante et impitoyable.

– Si elle a acheté le crâne, dit-elle d'un ton sinistre, ça signifie qu'il est entre les mains de Thurid Guild maintenant, et qu'il va l'enfermer quelque part pour être sûr que Skully ne revienne *jamais*.

– Alors, qu'est-ce qu'on fait ? demanda Fletcher.

– On va le voler.

5

Le Club des Vengeurs

Il pleuvait. Encore.

Scarab n'aimait pas l'Irlande. Tous les grands malheurs de sa vie étaient survenus ici. Toutes les défaites importantes également. Et même s'il avait purgé sa peine dans une prison américaine, il avait été arrêté ici, en Irlande. Et ce jour-là aussi, il pleuvait.

Le château était glacial, traversé de courants d'air. La plupart des portes avaient été condamnées récemment, interdisant l'accès aux donjons et à divers endroits peu engageants. On pouvait toujours y pénétrer en empruntant les nombreux passages secrets, mais il était très difficile de s'orienter. Par ailleurs, la plomberie se trouvait dans un état épouvantable. La cellule qui lui avait servi de foyer pendant deux siècles l'avait maintenu en vie, elle l'avait nourri, lavé et avait empêché ses muscles de s'atrophier. Pendant deux cents ans, il n'avait même pas eu besoin d'aller aux toilettes. Où finissaient tous les déchets ? Y avait-il des déchets, d'abord ? Il l'ignorait et personne n'était venu lui apporter la réponse.

Et voilà que du jour au lendemain, il devait manger, se laver et se rendre aux toilettes avec une fréquence inquiétante. Par-dessus le marché, la chasse d'eau ne fonctionnait pas. Parti à la recherche d'autres toilettes, il s'était vite perdu. Il avait erré dans le noir pendant une demi-heure, avant de retrouver son point de départ.

– Où tu étais ? demanda Billy-Ray en passant à toute vitesse. Ils sont ici.

Il disparut dans la pièce voisine.

D'un pas traînant, Scarab marcha jusqu'à la porte et entendit Billy-Ray accueillir leurs invités. Il avait encore la vessie pleine et se demanda s'il avait le temps de trouver une plante verte ou quelque chose dans le genre. Mais comment dénicher une plante verte dans un endroit pareil ?

– Vous vous demandez pourquoi je vous ai fait venir ici, disait Billy-Ray. Vous regardez le type assis à côté de vous et vous vous dites : « Hé, mais je le déteste, ce mec ! Est-ce qu'il n'a pas essayé de me tuer un jour ? » La vérité, c'est que nous avons tous probablement essayé de nous entre-tuer plusieurs fois au fil des ans, mais vous savez quoi ? Un tas d'autres personnes en ont fait autant.

« Et c'est pour cela que nous sommes réunis ici, messieurs. C'est le lien qui nous unit. Cette affliction commune nous fournit le même objectif. Je voudrais vous présenter quelqu'un. Sans doute avez-vous entendu parler de lui. C'est l'homme qui a tué Esryn Vantgarde. Mes amis, je vous prie d'accueillir la légende : Dreylan Scarab !

Scarab se redressa et entra d'un pas décidé.

Quatre hommes étaient assis autour de la table ; Billy-Ray occupait un cinquième siège. Scarab marcha jusqu'à la table, sans s'asseoir. Il connaissait chacun de ces individus, même s'il ne les avait jamais rencontrés. Les descriptions faites par son fils suffisaient amplement.

Remus Crux, l'ancien inspecteur principal du Sanctuaire, était devenu une sorte de fou délirant qui ne prenait plus la peine de se laver. Adepte des Sans-Visage depuis peu, à en croire Billy-Ray, il avait développé une obsession meurtrière vis-à-vis d'une jeune fille nommée Valkyrie Caïne car elle avait tué deux de ses dieux obscurs en se servant du Sceptre des Anciens. Scarab, pour sa part, avait toujours estimé que le Sceptre était une légende et il n'avait jamais eu de temps à consacrer aux Sans-Visage. Toutefois, il avait accepté la présence de Crux car s'il était dangereux d'avoir un dingue dans la bande, il fallait parfois prendre des risques.

À côté de Crux se trouvait un homme brun et pâle, tout de noir vêtu. Cette même Caïne, une fille qui apparaissait de plus en plus comme une véritable menace, avait entaillé le visage de Dusk avec le coupe-chou de Billy-Ray, le balafrant à vie. Les vampires avaient la réputation d'être rancuniers. Dusk représentait lui aussi une entité imprévisible car un vampire était plus une créature qu'un humain. Mais sa force physique en faisait un atout indispensable.

En face de Dusk avait pris place celui qui s'autoproclamait la Terreur de Londres : Jack A. Ressort. Il avait recroquevillé son corps décharné dans le fauteuil, un genou replié contre la poitrine. Son vieux costume était en lambeaux et son haut-de-forme reposait en équilibre instable sur son crâne. Ses ongles durs pianotaient un rythme lent sur le dessus de la table. Scarab ignorait à quel genre de monstre il avait affaire, mais il savait que Jack avait été obligé de quitter l'Angleterre et était recherché dans toute l'Europe. Scarab aimait les gens qui n'avaient plus d'autre endroit où aller. On pouvait compter sur eux.

Le quatrième membre de cette petite société, ce Club des Vengeurs, était celui sur lequel il possédait le moins de renseignements. D'après Billy-Ray, cet homme prétendait être un tueur sans pareil, qui avait souffert à cause du squelette et de son équipière, mais ils n'en savaient pas plus sur le mystérieux et mortel Vaurien Larsouille.

Placé en bout de table, Scarab s'efforça d'enfiler le masque de l'autorité la plus inquiétante.

— Vous avez tous entendu parler de ce que j'ai fait, dit-il. (Les autres l'observaient sans rien dire.) Vous avez entendu parler des gens que j'ai tués. La plupart de ces histoires sont vraies. J'ai tué, j'ai ri et j'ai tué de nouveau. Comme vous tous.

« Messieurs, nous sommes une race en voie d'extinction. Dans cent ans, les individus de notre espèce seront abattus avant même d'avoir fait quelque chose de mal. Nous serons jetés en prison à cause de ce que nous pensons et de ce que nous ressentons. Nous sommes les derniers êtres véritablement supérieurs et libres. Voilà ce qu'ils veulent nous voler.

« *Sanguin vous a parlé de ce lien qui nous unit, de ce désir brûlant qui nous illumine de l'intérieur. Nous sommes des hommes libres et pour rester libres nous devons rejeter les règles et les lois qui ne nous définissent pas et ne nous concernent pas. Nous devons frapper nos ennemis, les mettre à terre et les écraser sous les talons de nos bottes.*

— *Je suis ici par curiosité*, dit Dusk. (Il s'exprimait calmement, sans effort ni émotion.) *Pourquoi devrais-je t'aider ?*

— *Je t'ai fait sortir de prison dans ce but*, dit Billy-Ray. *Tu m'es redevable, vampire.*

— *Je suis redevable au Baron Vengeous. Toi, je ne te dois rien. Alors, je repose ma question : pourquoi devrais-je t'aider ? Pourquoi devrais-je aider n'importe lequel d'entre vous ? D'ailleurs, personne ici n'est digne de confiance. À cette table est assis quelqu'un qui a sauvé la vie de Valkyrie Caïne.*

Jack A. Ressort sourit. Ses dents étaient étroites, pointues, et nombreuses.

— *Je t'ai empêché de la tuer car je n'avais pas beaucoup apprécié que tu me mentes et je n'aimais pas ton patron. Par conséquent, je n'ai pas pu résister au plaisir de ruiner vos plans. Dis-moi, tu as toujours mal après la raclée que je t'ai infligée ?*

Dusk soutint son regard.

— *Si on s'affrontait en terrain neutre, je te transformerais en un petit tas de chair sanglante et tremblotante. Ici, par exemple.*

– *Il ne fait pas encore nuit*, *répliqua Jack avec un grand sourire. Tu crois qu'on peut t'ôter ta laisse si tôt ?*

Dusk bondit par-dessus la table. Jack se leva en riant pour l'accueillir. Ils s'écrasèrent au sol, en renversant le siège de Larsouille au passage. Accrochés l'un à l'autre, ils roulèrent en échangeant des coups de poing et des grognements rauques.

– Assez ! rugit Scarab et la bagarre s'arrêta. (Il enchaîna pour ne pas leur laisser le temps de reprendre.) Nous nous battons entre nous ? C'est ce que vous voulez ? L'occasion nous est offerte de faire trembler le monde sur ses fondations et vous cherchez à vous entre-tuer ? Laissez-moi vous dire une chose, et je parle par expérience : il y a toujours, à l'extérieur, des gens qui méritent beaucoup plus de mourir.

« L'occasion nous est offerte de nous venger de nos ennemis. Nous avons la possibilité de réussir là où tout le monde a échoué. Nous avons été les témoins de ces échecs. Nous avons vu les erreurs commises par des personnes comme Mevolent ou Serpine, et nous en avons tiré les leçons.

– J'ai failli tuer Valkyrie Caïne la nuit dernière, déclara Crux.

Tous les regards ébahis se posèrent sur lui.

– Pardon ? fit Billy-Ray.

– J'avais son cou dans mes mains. Je serrais. Je voyais la peur dans ses yeux. Une peur véritable. J'y étais presque…

– Tu sais où elle vit ? demanda Dusk.

Crux hocha la tête.

— Mais on ne peut plus y aller. J'ai vu un tas de symboles de mages autour de la ville. Ils ont installé un périmètre de sécurité. Impossible d'entrer sans alerter les Fendoirs. Et j'aime pas les Fendoirs.

— Pourquoi ne pas l'avoir dit plus tôt ? grogna Billy-Ray. On aurait pu y aller et la réduire en bouillie...

— C'est moi qui tuerai Caïne, déclara Crux en se montrant du doigt. Moi. Pas toi, ni le vampire, ni le débile.

Larsouille fronça les sourcils.

— C'est qui, le débile ?

— Elle a tué les dieux obscurs, poursuivit Crux, mais ils ressusciteront.

Scarab voyait la colère s'emparer de Billy-Ray et de Dusk. Il pourrait utiliser sa maîtrise du langage de la magie pour franchir ce périmètre de sécurité, mais ce faisant, il perdrait la moitié de son équipe avant même le début de sa mission. Il avait besoin d'entretenir leur soif de vengeance. Il s'empressa de calmer la situation.

— Monsieur Crux, si vous voulez que les Sans-Visage reviennent, vous devez faire en sorte que cela soit possible. Et la première chose à faire, c'est de se débarrasser de l'opposition. Or, nous avons justement un plan pour ça.

Dusk détacha son regard de Crux.

— Tu as un plan, dit-il.

— Oui, c'est mon plan, répondit Scarab. Mais il appartient à nous tous. Nous allons voler la Machine de Dévastation.

Trois des hommes réunis autour de la table sourirent. L'un d'eux semblait perplexe.

– C'est quoi, une Machine de Dévastation ? demanda Larsouille.

– Une bombe, répondit Billy-Ray. Mais sans grande explosion, sans détonation assourdissante. Elle provoque la désintégration instantanée de tout ce qui se trouve dans son champ d'action. Elle réduit tout en poussière. Nous allons la voler et nous en servir pour détruire le Sanctuaire.

Scarab reprit la parole :

– Les autres Sanctuaires du monde ont toujours envié l'Irlande. Rien ne leur ferait plus plaisir que de débarquer ici et de prendre le contrôle, de piller tout ce qui est magique dans ce petit pays, et de tout remporter chez eux. Nous allons faire en sorte d'exaucer leur souhait et nous en profiterons pour tuer quelques-uns de nos ennemis les plus horripilants.

– Ils nous ont rejetés par le passé, ajouta Billy-Ray. À leurs yeux, nous n'existons pas, comparés à Vengeous, à la Diablerie, et ainsi de suite. Mais on va leur montrer. On va leur montrer qu'ils auraient dû avoir peur de nous depuis le début.

– Ils pensent savoir ce qui les attend ? reprit Scarab. Ils pensent savoir ce qui va se passer ? Ils n'en ont aucune idée.

6
À l'intérieur du Sanctuaire

Un jour, Skully avait expliqué à Valkyrie que les plans les plus simples étaient les meilleurs. Son plan n'était pas simple, mais ils n'en avaient pas d'autre.

– Voici ce que nous allons faire, dit-elle en arpentant l'atelier de confection de Hideous. On se rend au Sanctuaire et on demande à voir Guild. Il nous fera attendre, comme toujours, car il voudra que tout semble normal tant qu'il n'aura pas la certitude que nous savons qu'il détient le crâne.

Tanith, Hideous et Fletcher la regardèrent et hochèrent la tête.

– En outre, ajouta-t-elle, il partira du principe que nous savons et il attendra que l'on agisse. Comme Fletcher ne sera pas avec nous, Guild en déduira qu'il s'est déjà téléporté à l'intérieur.

– Et je serai où ? demanda Fletcher, tout excité.

– Je ne sais pas. En train de te recoiffer ou quelque chose comme ça. Ce qui compte, c'est que son attention sera accaparée par deux endroits à la fois : là où nous sommes et là où se trouve le crâne.

— Et comment fera-t-on pour découvrir où se trouve le crâne ? demanda Tanith.

— Il serait naturel de le mettre au Dépôt, dit Hideous. Avec tous les autres objets magiques. Mais il ne le fera pas.

— C'est trop évident, confirma Valkyrie. C'est le premier endroit où l'on aurait cherché. C'est aussi le premier endroit où l'on va chercher.

Fletcher fronça les sourcils.

— Mais il n'y sera pas.
— Non. Mais la Sphère de Dissimulation, si.
— La Boule d'Invisibilité ?
— La Sphère de Dissimulation, insista Valkyrie.
— Boule d'Invisibilité, ça sonne mieux.
— C'est débile. (Elle se tourna vers les autres.) Une fois qu'on l'aura récupérée, on contacte Fletcher. Il arrive, on les laisse nous encercler et, ensuite, on utilise la Sphère.

— Ils penseront que nous nous sommes téléportés, conclut Tanith avec un sourire.

Valkyrie hocha la tête.

— Avec un peu de chance, Guild enverra quelqu'un voir si le crâne est toujours là. On le suit, on s'en empare et *ensuite* on se téléporte à l'extérieur du Sanctuaire. Et si jamais ça ne se passe pas de cette façon, on pourra au moins fouiller les lieux sans être vus.

– China devra se tenir prête, ajouta Hideous. Quand ils comprendront ce qui se passe, Davina Marr et les Fendoirs se lanceront à nos trousses.

Fletcher intervint :

– Puis-je faire remarquer une chose ? Ce plan est nul. Sur une échelle de un à dix, dix étant le cheval de Troie et un le général Custer contre les Indiens, ton plan vaut zéro. D'ailleurs, ce n'est même pas un plan. Ce n'est qu'une suite d'événements qui, franchement, n'ont guère de chances de se succéder de la manière dont tout le monde l'espère.

– Tu as un meilleur plan ? demanda Valkyrie.

– Bien sûr que non. Je suis un homme d'action, pas de réflexion.

– C'est certain, tu n'es pas un homme de réflexion.

– Pourquoi c'est toi qui commandes, d'abord ? Qu'est-ce que tu y connais à ce genre de préparatifs ?

– J'ai confiance, déclara Tanith.

– Moi aussi, ajouta Hideous.

Valkyrie leur adressa un sourire reconnaissant.

– Vous pensez donc que le plan va marcher ?

– Mon Dieu, non, répondit Hideous.

– Désolée, Val, dit Tanith.

Postée devant le vieux musée de Cire en compagnie de Tanith, Valkyrie laissait la pluie lui tremper les cheveux. Les fenêtres étaient condamnées par des planches et une grille rouillée barrait la porte. Même avant sa fermeture, le musée n'avait jamais été très impressionnant. Elle se souvenait des visites avec l'école : ils traînaient les pieds dans les couloirs sombres pour regarder d'un œil indifférent les statues de cire des politiciens. Souvent, elle se demandait à quoi ressemblerait sa vie aujourd'hui si, quand elle était enfant, elle s'était écartée du groupe et avait découvert la porte dérobée.

Si elle était entrée dans le Sanctuaire à cette époque, Skully l'aurait-il prise sous son aile bien plus tôt ? Ou les Fendoirs lui auraient-ils coupé la tête à la seconde même où ils l'auraient aperçue ? La seconde hypothèse était la plus probable.

Au moins, en ce temps-là, Eachan Meritorious était Grand Mage du Conseil des Aînés. Désormais, ils n'avaient même plus de Conseil, uniquement un Grand Mage, Thurid Guild, que Skully avait soupçonné de trahison. Et même si Valkyrie savait maintenant qu'il était innocent, sur ce point du moins, elle continuait à le considérer comme un individu dangereux motivé par un but secret.

Et Guild détenait le crâne.

Obligé de remplacer Remus Crux, Guild avait débauché Davina Marr et son subordonné, Fanion, dans un des Sanctuaires américains ; et il leur avait fourni tout ce dont ils avaient besoin pour accomplir leur tâche. La première décision de Guild avait été de fermer le portail définitivement pour éviter une nouvelle invasion des Sans-Visage. Il savait que Valkyrie et les autres étaient à la recherche du crâne et, jusqu'à aujourd'hui, ils avaient toujours conservé une longueur d'avance. Mais apparemment, il avait réussi à les coiffer sur le poteau.

Valkyrie releva son col pour se protéger des rafales de pluie. Elle avait appelé China, qui l'avait écoutée exposer son plan bancal et l'avait assurée que, s'il fonctionnait, elle leur apporterait son aide. Par ailleurs, elle avait précisé que deux agents du Sanctuaire la surveillaient en permanence ; deux autres se trouvaient à la ferme d'Aranmore. Elle avait tout juste eu le temps d'envoyer ses élèves sécuriser les environs de Haggard sans que les agents s'en aperçoivent. Valkyrie s'en fichait. Une seule chose comptait.

Un homme chauve vêtu d'un joli costume leur sourit en passant. Tanith l'ignora, mais Valkyrie lui rendit poliment son sourire. Il avait quelque chose de familier. Tandis qu'il poursuivait son chemin, elle scruta les environs pour vérifier que personne n'approchait d'elles en douce.

– Mesdames.

Elle se retourna. Hideous se tenait à l'endroit où se trouvait l'homme chauve une seconde plus tôt. Valkyrie s'apprêtait à lui demander ce qui se passait, mais Tanith comprit avant qu'elle ouvre la bouche.

– Le tatouage de façade ! s'exclama-t-elle, stupéfaite. Ça marche !

Hideous sourit.

– Finis les chapeaux et les écharpes pour me déguiser, merci mille fois. Je ne peux m'en servir qu'une demi-heure par jour, mais China cherche un moyen de prolonger l'effet.

– Faites voir ! demanda Valkyrie, en souriant elle aussi.

Hideous écarta le col de sa chemise et elle découvrit les petits « tatouages » récemment gravés des deux côtés du cou. Quand il les toucha, une pellicule de peau parfaite glissa sur ses cicatrices jusqu'à recouvrir tout le visage.

– Oh, la vache !

Hideous sourit de plus belle.

– Alors, qu'en penses-tu ?

– La vache.

Il avait des traits puissants, une mâchoire carrée et sa peau, bien que légèrement cireuse, ne présentait plus aucune imperfection.

– China voulait ajouter les cheveux, mais j'ai trouvé que ce serait un peu trop. Non ?

– La vache.

– Arrête de dire ça. Tanith, qu'en penses-tu ?

– J'aime bien. Mais j'aimais bien les cicatrices aussi.

Il sourit et toucha les tatouages. La peau parfaite sembla se fondre dans les motifs, laissant réapparaître les cicatrices.

– Sommes-nous prêts ? demanda-t-il en regardant la devanture du musée de Cire.

– Je n'aime pas me déplacer sans mon épée, grommela Tanith. Vous avez conscience que si les

Fendoirs s'en prennent à nous, ils se ficheront de savoir que nous sommes dans le même camp. Ils nous couperont en petits morceaux uniquement parce que l'occasion s'offre à eux.

– Dans ce cas, répondit Hideous, tu mourras en ayant la satisfaction de savoir que tu agissais pour une bonne cause.

– Oui, c'est chouette, grogna-t-elle.

Ils firent le tour du musée et entrèrent par la porte ouverte. Ils s'engagèrent dans un couloir sombre et étroit. Ils passèrent devant trois statues. Valkyrie n'était pas étonnée qu'on les ait laissées là lors de la fermeture : elles n'étaient pas très réussies et une seule avait une tête.

Finalement, ils arrivèrent devant un personnage en cire qui, lui, ressemblait à son modèle : Phil Lynott, le leader du groupe Thin Lizzy. À leur approche, il tourna la tête.

– Salut, dit-il.

– Salut, Phil, répondit Valkyrie.

Tanith, qui avait connu le véritable Phil Lynott quand il était encore de ce monde, trouvait cette statue trop dérangeante ; elle préférait rester en retrait et ne pas la regarder.

– Nous venons solliciter une audience avec le Grand Mage, dit Hideous.

– Vous avez rendez-vous ? demanda la statue en consultant la feuille qu'elle avait collée sur le dos de sa guitare. Vous n'êtes pas sur la liste.

– Nous n'avons pas rendez-vous, mais nous demandons à être reçus.

Phil Lynott fronça ses sourcils de cire. Il n'aimait pas son nouveau rôle. Au départ, il devait simplement ouvrir et fermer la porte, mais maintenant que le Sanctuaire n'avait plus d'Administrateur, ses fonctions avaient été étendues.

– Je vais lui annoncer que vous êtes ici, dit-il et il ferma les yeux.

Pendant qu'ils attendaient, Valkyrie prit conscience de la rapidité de son rythme cardiaque. Si son plan ne marchait pas, ils seraient tous arrêtés, et ce serait sa faute. Pire, ils laisseraient passer l'unique occasion de récupérer Skully et elle ne le reverrait plus jamais.

La statue de cire rouvrit un œil.

– L'un de vous va assister à la finale ?

– Pardon ? fit Valkyrie.

– Le championnat de foot. Dublin contre Kerry. Ça promet. J'ai demandé si je pouvais y aller. Je n'ai jamais mis les pieds à Croke Park. Le Grand Mage a refusé. Il a dit que les gens allaient se poser des questions s'ils me reconnaissaient.

– Il a sûrement raison.

La statue ouvrit les deux yeux.

– Le Grand Mage a été informé. Il a demandé à un guide de vous conduire à la Salle d'accueil ; il vous y rejoindra dès que son emploi du temps le lui permettra.

— Merci, dit Valkyrie.

Alors qu'elle prononçait ce mot, le mur le plus proche gronda et coulissa. Ils se glissèrent par l'ouverture.

Quand ils atteignirent le bas de l'escalier de pierre, un individu à la mine revêche leur fit signe de le suivre, avec un certain agacement. Valkyrie regardait les Fendoirs en passant ; leurs casques à visière dissimulaient leurs visages. Autrefois, elle les trouvait menaçants, mais comparés au Fendoir Blanc qui défendait les nécromanciens, c'étaient de véritables animaux en peluche.

Le sorcier impatient les entraînait rapidement dans les couloirs.

— Je n'ai pas le temps de m'occuper de ça, pesta-t-il. J'ai du travail, nom d'un chien. Ils ne savent pas que j'ai du travail ? Vous montrer le chemin, ça fait partie des tâches de l'Administrateur. Est-ce que j'ai une tête d'Administrateur ?

— Non, répondit Tanith. Vous avez une tête de grincheux.

Il la foudroya du regard.

— C'est là, dit-il en désignant une pièce. Le Grand Mage vous rejoindra quand il vous rejoindra. Si vous voulez quelque chose, thé ou café, débrouillez-vous et ne me dérangez plus.

Sur ce, il repartit à grands pas et ils se regardèrent.

— Guild veut nous laisser seuls pour qu'on parte à la recherche du crâne, murmura Hideous. Cela lui donnera l'occasion de nous arrêter et de nous jeter en cellule. Il guette le moindre faux pas.

– Dans ce cas, il ne faut pas le décevoir, dit Tanith.

Tournant le dos à la Salle d'accueil, ils empruntèrent le premier couloir sur leur droite. Les personnes qu'ils croisèrent ne leur adressèrent même pas un regard.

Ils passèrent devant les Geôles, là où les sorciers les plus maléfiques et dangereux du pays étaient enfermés dans des cages suspendues au-dessus du sol. Les criminels ordinaires étaient envoyés dans les prisons de haute sécurité, alors que les Geôles étaient réservées à la lie de la lie.

Derrière se trouvait le Dépôt. Après avoir vérifié que personne ne les observait, Tanith poussa la porte à double battant et ils entrèrent. Hideous leva la main pour sonder l'air, à la recherche de la moindre turbulence.

– Nous sommes seuls, déclara-t-il et tous les trois se dispersèrent aussitôt parmi les rayonnages mal éclairés pour trouver une sphère de bois de la taille d'une balle de tennis.

Valkyrie se précipita vers l'endroit où était déposée la Sphère la dernière fois qu'elle était venue ici, mais l'emplacement était vide. Elle inspecta rapidement le reste de l'étagère en survolant du regard les objets insolites. Les créations magiques rassemblées dans cette pièce avaient de quoi rendre jaloux des collectionneurs comme China Spleen.

Ils cherchèrent pendant cinq ou six minutes, en vain.

– Mauvais signe, commenta Hideous quand Valkyrie passa à sa hauteur.

Elle claqua des doigts pour faire jaillir une flamme dans sa paume afin d'explorer les recoins les plus sombres.

Mauvais signe, en effet.

– On a un plan B ? demanda Tanith de derrière une pile de parchemins.

– On n'a même pas de vrai plan A, marmonna Valkyrie.

Hideous avait collé l'oreille à la porte. Il s'en écarta.

– Ils arrivent.

Furieuse, Valkyrie sortit son portable pour appeler Fletcher. Son plan n'avait pas fonctionné. Il ne leur restait plus qu'à fuir avant de se faire prendre.

– Le Dépôt, dit-elle dans l'appareil et Fletcher apparut dans son dos.

Des symboles crépitèrent sur les murs et un éclair bleu frappa à l'endroit où se tenait le Téléporteur. Il hurla lorsque l'éclair le transperça. Quand les symboles s'effacèrent, il s'écroula en gémissant.

C'était un piège. Au même moment, les battants de la porte s'ouvrirent à la volée et une femme brune entra, suivie par un bataillon de Fendoirs.

Hideous et Tanith rejoignirent Valkyrie agenouillée près de Fletcher.

– Fais-nous sortir d'ici, lui ordonna-t-elle, mais le corps de Fletcher fut secoué de spasmes.

– Je ne peux pas, murmura-t-il.

Davina Marr les regarda et sourit.

– Bienvenue au Sanctuaire. Vous êtes tous en état d'arrestation.

7
Retour à Aranmore

La Salle d'interrogatoire était scellée par un sort. Valkyrie sentait le flux de sa magie, presque à portée de main. Elle n'aimait pas cette sensation qui accentuait son impression de malaise.

Assise en face de Marr, elle faisait de son mieux pour ignorer Fanion qui se tenait à l'entrée. Ils avaient commis une erreur en la plaçant face à la porte. Toutes les fois où Skully avait utilisé cette salle, il avait installé les suspects dos à la porte, ce qui les obligeait à tourner la tête pour voir qui entrait dans la pièce. Là, on aurait pu croire que Valkyrie était assise à son bureau.

Elle s'efforçait de paraître calme et de cacher la panique qui l'habitait. C'était leur seule chance de récupérer Skully. Si Guild cachait le crâne, ou pire, s'il le détruisait, cette unique chance s'envolerait. Rien que d'y penser, elle sentait son sang se glacer.

– Valkyrie..., dit finalement Marr en détachant

ses yeux de couleurs différentes du document qu'elle lisait.

Valkyrie doutait que ce dossier la concerne ; ce n'était certainement qu'un paquet de feuilles rassemblées au hasard dans le but de l'intimider.

– ... tu es dans de sales draps.

Elle ne dit rien ; elle frottait les doigts de sa main droite l'un contre l'autre. On lui avait confisqué son anneau de nécromancien. Il lui manquait.

Marr avait des cheveux bruns coupés courts dans la nuque. Elle était plutôt jolie, dans le genre passe-partout.

– Tu as été surprise en train de dérober des biens appartenant au Sanctuaire. As-tu conscience de la gravité de ton geste ? Sais-tu combien d'années de prison tu encours ? (Marr soupira comme pour exprimer sa déception.) Ce n'est pas un jeu, Valkyrie. Tu participes à quelque chose qui devient très dangereux. Hideous Quatépingles et Tanith Low risquent vingt ans de prison au minimum. Vingt ans, Valkyrie. Qu'essayais-tu de voler, au fait ?

La jeune fille fixa son regard sur une peluche accrochée au col de Marr et resta muette.

– Nous avons la tête de Skully Fourbery. Je sais que tu es venue ici pour la voler. Et je t'assure que nous comprenons. Skully était ton ami.

– C'*est* mon ami.

– J'ai parlé de lui au passé ? s'étonna Marr en prenant un air contrit. Oh, je suis désolée, ma chérie.

Oui, c'est ton ami, bien sûr, et je suis certaine que tu le considères même comme un *très grand* ami. Nous avons tous de bons amis pour lesquels nous sommes prêts à faire un tas de choses… dans les limites du raisonnable, évidemment. Mais ta croisade afin d'ouvrir le portail, c'est… franchement, c'est au-delà du raisonnable.

– Je ne sais pas de quoi vous parlez, répondit Valkyrie.

Le sourire de Marr devenait aussi horripilant que son attitude.

– Non, bien sûr, murmura-t-elle sur un ton de conspiratrice. Mais supposons que tu saches de quoi il est question. Supposons, sans vouloir t'incriminer, ce qui veut dire sans chercher à te causer des ennuis, que tu avais l'intention d'ouvrir le portail pour ramener ton ami parmi nous. Cela signifie que tu aurais également ouvert la porte aux Sans-Visage. Tu comprends ? Tu en es consciente ?

Valkyrie concentrait toute son attention sur le petit nez de Marr maintenant. C'était comme une cible qui réclamait qu'on lui brise une chaise dessus.

– Si les Sans-Visage ont franchi le portail la dernière fois, répondit-elle, c'est uniquement parce que quelqu'un les a appelés. Si on ouvrait ce portail maintenant, ils n'attendraient pas derrière. Mais Skully, si.

– Le Grand Mage a décrété que ce portail ne devait plus jamais être ouvert. Désolée.

– Je ne travaille pas pour le Grand Mage.

– Le Sanctuaire contrôle l'ensemble de la communauté de la magie en Irlande, pas uniquement les personnes qui travaillent ici. Je suis navrée de devoir te dire ça, Valkyrie, mais ton ami est très certainement mort.

– Évidemment qu'il est mort. C'est un squelette.

– Cela fait presque un an qu'il est prisonnier dans un autre monde, au milieu des Sans-Visage. On ne peut qu'imaginer les horreurs et les souffrances qu'il a endurées avant qu'ils décident de mettre fin à son existence. Après l'avoir réduit à l'état de pauvre créature qui hurle, pleure et supplie. Ma chérie, en un sens, tu as de la chance qu'il soit parti. Si jamais il revenait, je suis sûre que tu le trouverais un peu… pathétique.

– Je ne suis pas votre chérie.

Marr fronça les sourcils, surprise.

– Oh. Soit.

– Et je vous interdis de le qualifier de pathétique.

L'inspectrice principale se pencha en avant, les coudes sur la table.

– Je peux t'aider. Je veux t'aider. Dis-moi qui a organisé tout ça et tu pourras t'en aller. On annulera toutes les accusations qui pèsent sur toi. Aide-nous à punir ceux qui le méritent : Hideous, Tanith et China. Oh oui, nous savons qu'elle est dans le coup, elle aussi. Elle est mêlée à toutes les petites opérations minables dans ce pays. Les Sanctuaires du monde entier rêvent de voir Miss Spleen derrière les barreaux pour tous les actes qu'elle a commis par le passé. Tu rendras un fier service à tout le monde.

N'obtenant aucune réaction, Marr secoua la tête.

— Je ne réitérerai pas mon offre, Valkyrie. Dès que je sortirai d'ici, on te ramènera dans ta cellule où tu attendras d'être conduite dans une des Geôles. Tu iras en prison, ma chérie. Je t'en supplie, ne m'oblige pas à voir ça. Parle-moi, laisse-moi t'aider et tu pourras repartir libre.

Valkyrie soutint son regard.

— Et Fletcher ? demanda-t-elle.

— M. Renn va très bien. Nous avons installé un système de sécurité afin de perturber temporairement certaines impulsions électriques dans son cerveau. Il ne peut pas se téléporter s'il n'a pas les idées claires, n'est-ce pas ? Mais je te promets qu'il va bien.

— Vous allez lui faire la même proposition ?

— Tu le souhaites ? Il y a un... lien entre vous deux ? Je vais être franche, Valkyrie, si tu nous aides, je pense que je pourrai convaincre le Grand Mage de le libérer lui aussi. Je crois que j'y arriverai.

— Guild le laissera partir ? Il ne voudra pas le retenir ? Fletcher est le dernier Téléporteur vivant.

— J'ignore ce que le Grand Mage a en tête, ma chérie. Si tu me demandes s'il aimerait que Fletcher travaille pour ce Sanctuaire, je suis sûre que oui. Il possède un don unique très recherché. Mais peut-être que vous pourriez nous rejoindre *tous les deux*. Ça te plairait ? De devenir un agent officiel du Sanctuaire ? Vous formeriez peut-être une excellente équipe.

— Pourquoi Guild ne veut pas que Skully revienne ?

Marr secoua la tête.

— Tu ne comprendrais pas. Le Grand Mage doit tenir compte de tous les paramètres. Il doit évaluer les risques par rapport aux avantages. C'est une décision très importante qu'il a prise, et je pense qu'il a fait le bon choix. Skully a consenti un sacrifice. Il est mort pour que nous puissions vivre. Le Grand Mage respecte ce geste et nous devrions en faire autant.

— Guild disait que Bliss avait fait ce sacrifice. Il disait que Bliss nous avait sauvés.

— Bliss a donné sa vie, Valkyrie.

— Je sais. J'étais là. J'ai tout vu. Vous non, moi si. J'ai vu Bliss mourir et j'ai vu ce qui s'est passé ensuite. J'ai vu Skully être entraîné à travers ce portail. Il m'a tendu la main, mais je n'ai pas pu le sauver.

— C'est très triste.

— Mais Guild a attribué tout le mérite à Bliss car il ne voulait pas reconnaître qu'il s'était trompé au sujet de Skully.

— Non, Valkyrie, ça ne s'est pas passé comme ça.

— Guild ne veut même pas *essayer* de récupérer Skully car il ne *veut pas* le récupérer. Il le hait. Il l'a toujours haï.

Marr se pinça l'arête du nez.

— China Spleen t'a bourré le crâne, dit-elle avec

tristesse. J'en ai suffisamment entendu. Je vais ordonner son arrestation immédiate.

— China n'a rien à se reprocher ! s'emporta Valkyrie.

— Tu es prête à faire tout ce qu'elle te demande, soupira Marr en rassemblant ses documents. Le détective Fanion va te ramener dans ta cellule.

Fanion ouvrit la porte de la Salle d'interrogatoire et Marr sortit.

— Vous allez le regretter ! lui lança Valkyrie.

Marr se retourna.

— Tu me menaces, petite ?

— Non. Je dis juste que vous allez le regretter. Tous ceux qui se dressent contre Skully le regrettent. Songez au détective qui vous a précédée. Remus Crux. Avez-vous eu de ses nouvelles récemment ?

Le visage de Marr se crispa ; elle ne répondit pas.

— Il s'est opposé à Skully, reprit la jeune fille, et son esprit a été pulvérisé. Tout le monde le regrette, Miss Marr. Vous le regretterez aussi.

La femme aux yeux vairons se retourna pour sortir, puis fit volte-face de nouveau.

— J'ai changé d'avis, annonça-t-elle. Je vais te reconduire personnellement dans ta cellule. Détective Fanion, vous pouvez nous laisser.

Fanion sourit et sortit sans un mot. Marr montra la porte d'un large geste.

— Après toi, Valkyrie.

Celle-ci se leva et se dirigea vers la sortie,

persuadée que Marr allait lui passer des menottes, mais elle put sortir dans le couloir librement et aussitôt, elle sentit revenir sa magie. Escortée par Marr, elle prit la direction des cellules tout en essayant de comprendre ce qui se passait. L'inspectrice principale avait-elle oublié les menottes, tout simplement ? Ou considérait-elle que Valkyrie n'était pas une menace digne de ce nom ? À moins qu'il s'agisse d'un piège ? Marr attendait-elle que Valkyrie tente de s'échapper ? Plus elles approchaient des cellules et plus son esprit s'emballait.

— Tu affirmes que tous ceux qui s'opposent à ton ami le squelette le regrettent, dit Marr. Et ceux qui se rangent de son côté ? Bliss, par exemple, puisque tu as parlé de lui. Comment va-t-il, ces temps-ci ?

Valkyrie tourna au coin, sans répondre. Elle fronça les sourcils. Habituellement, il y avait toujours quelqu'un de garde au bureau, mais aujourd'hui, la chaise était vide.

Marr lui glissa à l'oreille :

— Ce squelette a fait *tuer* des gens. Des amis, des gens qu'il aimait, sa propre famille. Je m'étonne qu'il ne t'ait pas fait tuer toi aussi avant de partir. C'est bien dommage, si tu veux mon avis.

Valkyrie se retourna vivement, mais Marr la repoussa en s'esclaffant.

— Ne t'en fais pas, ma chérie. Je sais ce que c'est. Toutes ces hormones en folie, toutes ces émotions contradictoires…

Valkyrie leva la main pour repousser l'air, mais Marr fut plus rapide. L'air se retourna contre Valkyrie, qui alla heurter le mur et s'écroula.

Marr marcha vers elle.

– Tu avais le béguin pour lui avant qu'il se retrouve en enfer, hein ? Un petit peu ? Tu peux me le dire. C'est triste, pathétique et comique, mais je te promets de ne pas rire.

Valkyrie claqua des doigts pour faire jaillir une flamme dans sa paume et Marr lui décocha un coup de pied dans le poignet. Le feu s'éteignit. Son coup de poing manqua sa cible. Marr l'envoya valdinguer dans la porte d'une cellule, la tête la première.

– Si tu es sage, dit l'inspectrice du Sanctuaire, peut-être que je te laisserai dire au revoir à son crâne. Il fait très bien dans le bureau du Grand Mage.

Profitant de la proximité de Marr, Valkyrie l'empoigna à la manière d'un judoka. Elle glissa un pied derrière ses jambes et tenta de la déséquilibrer, mais Marr plia les genoux et se déplaça. Valkyrie trébucha en pivotant sur la hanche de son adversaire. Elle tomba sur l'épaule, de tout son poids, et poussa un cri de douleur. Marr lui tordit le bras, tout en lui enfonçant son genou dans les côtes.

– Agression d'un agent du Sanctuaire, dit-elle. Si tu étais une adulte, cela te vaudrait de nombreuses années de prison. Mais comme tu es encore une enfant… Je ne sais pas. Peut-être que l'on te marquera au fer rouge quelques symboles de contrainte sur la peau pour annihiler ta magie de manière permanente. Ce ne serait pas si terrible, hein, petite vermine insolente ?

— Lâchez-moi !

— Ou sinon ? (Marr sourit.) Tu vas pleurer ? Je vois déjà les larmes dans tes yeux. Regarde-toi. Si impuissante. Si faible. Tu n'as même pas ton petit anneau, hein ?

De sa main libre, Marr sortit l'anneau noir de sa poche.

— Pourquoi est-ce qu'une gentille fille comme toi étudie une vilaine discipline comme la nécromancie ? On n'aime pas les nécromanciens par ici, tu ne t'en es pas aperçue ? Personne ne les aime, d'ailleurs. On ne peut pas leur faire confiance.

— Laissez-moi me relever.

Marr laissa tomber l'anneau sur le sol pour gifler Valkyrie.

— Ne me dis pas ce que je dois faire ! (Elle la gifla encore une fois.) Ne dis pas à tes aînés ce qu'ils doivent faire. Tu as compris ? (Encore une gifle.) Dis que tu comprends. *Dis que tu comprends.*

Les dents serrées, Valkyrie marmonna :

— Je vais vous tuer.

Marr enfonça davantage son genou dans les côtes de la jeune fille, qui poussa un nouveau cri de douleur.

— Tu veux que je te casse le bras, sale morveuse ? Tu veux que je te brise les côtes ? Que je te perfore un poumon ? Parce que je peux le faire. Je peux faire tout ce que je veux, personne ne me dira rien. Alors, vas-y, continue à me menacer. On verra où ça te mène.

Valkyrie la foudroya du regard en retenant ses larmes, mais elle garda le silence.

– C'est bien, dit Marr, les paupières plissées. Maintenant, excuse-toi.

Valkyrie serra les dents.

– Excuse-toi, j'ai dit. Il n'y a que nous deux ici. Tu n'as personne à impressionner. Excuse-toi et je te remettrai dans ta cellule. Par contre, si tu ne t'excuses pas…

Marr la gifla encore une fois et leva la main pour recommencer.

Valkyrie ne voulait pas céder à la colère née de l'humiliation. Elle déglutit.

– Je m'excuse.

Marr se détendit immédiatement.

– Bien. C'est tout ce que je voulais entendre.

Elle sentit se relâcher la pression sur ses côtes.

– Maintenant, demande-moi de te laisser te relever.

Valkyrie attendit un moment.

– Je peux me lever ?

– S'il vous plaît.

– S'il vous plaît… puis-je me lever ?

– Bien sûr.

Marr recula et Valkyrie se mit à quatre pattes pour se relever. Mais soudain, l'air l'écrasa, l'empêchant de se redresser.

– Dis merci, ordonna la femme qui contrôlait l'air avec sa main.

Valkyrie leva les yeux vers elle.

– Dis : « Merci, détective Marr, de m'avoir laissée me relever. »

Et Valkyrie dit :

– Merci, détective Marr, de m'avoir rendu ma bague.

Le regard de Marr se posa sur le sol, à l'endroit où l'anneau était tombé, mais il n'y était plus, et avant qu'elle puisse réagir, Valkyrie lui expédia un poing d'ombres en pleine poitrine.

Marr tituba et Valkyrie en profita pour se redresser et tendre la main en direction du bureau. Celui-ci bondit et alla percuter les jambes de la détective du Sanctuaire, qui bascula par-dessus.

Valkyrie ouvrit un tiroir du bureau, s'empara des clés et courut vers les cellules. Elle déverrouilla la porte de Hideous, qui en jaillit et se jeta sur Marr au moment où celle-ci fonçait vers Valkyrie.

– Des prisonniers s'échappent ! rugit Marr.

Valkyrie ouvrit la deuxième cellule pour libérer Tanith, alors que les Fendoirs surgissaient.

– Va chercher Fletcher, glissa Tanith à l'oreille de la jeune fille. Puis ramène Skully.

Sur ce, elle se rua vers les Fendoirs.

Valkyrie déverrouilla la dernière porte et fit sortir Fletcher.

– Arrêtez-les ! brailla Marr.

Les Fendoirs avaient déjà immobilisé Hideous et Tanith au sol, en leur tordant les bras dans le dos.
– Le bureau de Guild ! lança Valkyrie à Fletcher.

Ce dernier hocha la tête et ferma les yeux pour retrouver son calme et se représenter mentalement leur destination.

Ils se retrouvèrent devant la porte de Guild. Valkyrie l'enfonça d'un coup d'épaule. La pièce était vide. Les étagères croulaient sous les livres et les bibelots ; quant au bureau, il semblait fait en or massif. À côté se trouvait une vitrine. À l'intérieur trônait le crâne de Skully.

Des ombres s'enroulèrent autour de son poing et elle brisa le verre pour s'emparer du crâne. En sentant la main de Fletcher sur son épaule, elle tressaillit.

Ils se trouvaient maintenant dans le labyrinthe de la bibliothèque de China.

– Ça va ? demanda le Téléporteur.

– Ne t'inquiète pas pour moi. (Elle avait les joues en feu à cause des gifles à répétition de Marr.) On doit retourner à la ferme d'Aranmore.

– On va ouvrir le portail ? s'inquiéta Fletcher. Rien que tous les trois, toi, moi et China ? Qui va t'accompagner ?

– Personne. J'irai seule.

Il secoua la tête.

– Non. C'est beaucoup trop dangereux.

– Le temps presse ! s'emporta Valkyrie. Nous devons agir avant qu'ils nous retrouvent et nous enferment ! C'est ma seule chance de récupérer Skully !

– *Notre* seule chance.

– Oui. C'est ce que je… Écoute, Fletcher. China doit rester avec toi, à la ferme. Elle veillera à ce que tu puisses rouvrir le portail, afin que Skully et moi, on puisse revenir. J'irai seule, un point c'est tout.

Fletcher la regarda, mâchoires crispées.

– Très bien, dit-il d'un ton cassant.

Et il la précéda dans le labyrinthe.

Valkyrie ne connaissait aucun des sorciers devant lesquels ils passèrent au milieu des piles d'ouvrages, et aucun ne leva les yeux de son livre ouvert. La bibliothèque était considérée comme un endroit neutre où l'intimité était primordiale.

China Spleen les attendait, vêtue d'un pantalon noir et d'une sobre chemise bleue. Mais comme toujours, sa beauté surnaturelle transcendait sa tenue vestimentaire. Une chaînette ornait son poignet gauche. Ses cheveux, noirs comme le plus sombre des péchés, encadraient son visage, tandis que ses yeux, d'un bleu aussi pâle que l'avaient été ceux de son frère, les regardaient approcher.

Valkyrie repoussa les sentiments qui se déchaînaient en elle. Fletcher eut moins de succès.

– Je vous aime, murmura-t-il.

China l'ignora.

– Le plan a échoué, déclara Valkyrie. À vrai dire, il a certainement compliqué les choses. Hideous et

Tanith ont été capturés, et des agents vont venir vous arrêter.

China soupira.

– Et nous allons voler au secours de Skully immédiatement, je suppose ? Alors que toutes les forces du Sanctuaire sont à nos trousses.

– Oui. Désolée.

China haussa les épaules.

– Avec toi, la vie ne manque pas de sel, Valkyrie. Accorde-moi juste un instant, je dois m'occuper de deux espions horripilants.

En regardant derrière elle, Valkyrie vit approcher un homme et une femme, les menottes aux poignets.

China tapota ses avant-bras et des tatouages rougeoyants apparurent à la surface de sa peau. Lorsqu'elle écarta les bras, un mur d'énergie bleue percuta les agents et les expédia au tapis. Ils avaient perdu connaissance avant même d'avoir fini de rouler au sol.

Une sorcière d'un âge avancé passa la tête au coin d'un rayonnage en fronçant les sourcils.

– Toutes mes excuses pour la gêne occasionnée, dit China. Ils refusaient de payer leurs pénalités de retard.

La vieille femme haussa les épaules et replongea dans sa lecture.

China tendit les mains ; Valkyrie et Fletcher en prirent chacun une.

– Je vais sûrement bousiller mes chaussures,

dit-elle. Mais je suis sûre que l'un de vous deux informera Skully des sacrifices que j'ai dû consentir pour le faire revenir. Monsieur Renn, conduisez-nous à la ferme.

La bibliothèque disparut et le soleil de l'après-midi perdit sa chaleur. Un vent froid soufflait sur les champs d'Aranmore et sifflait entre les murs délabrés de la ferme.

– Ce garçon est très pratique pour se déplacer, commenta China, mais pour une fois, Fletcher parut ne pas faire attention à elle.

Il gardait les yeux fixés sur Valkyrie pendant qu'ils marchaient.

– As-tu dit au revoir à tes parents ? demanda-t-il.

– La ferme, Fletcher.

– J'ai pensé que tu en aurais envie, c'est tout. Un dernier baiser avant que tu te fasses tuer.

– Ce serait un dernier baiser uniquement si tu n'ouvrais pas le portail pour me permettre de revenir.

Il laissa échapper un petit rire amer.

– Tu vas pénétrer dans un monde gouverné par une race de dieux mauvais. Et tout ça pour quoi ? Si Skully n'est pas mort, il est devenu fou. Un seul regard posé sur un Sans-Visage suffit à vous rendre cinglé. Ça fait presque un an qu'il est là-bas, Val. Combien de Sans-Visage il a regardés, à ton avis ?

– Tu ne le connais pas. Il est vivant et il m'attend.

– On court un gros risque, non ? Genre… colossal ? On va ouvrir une porte qui donne sur un univers peuplé de fléaux innommables, en espérant que personne ne s'aperçoive de rien. Si ça tourne mal, est-ce que Skully en vaut la peine ?

– Si tu ne veux pas nous aider, dit Valkyrie, je ne peux pas t'y obliger. Mais si tu es partant, ferme-la. Si ce n'était pas pour lui, aucun de nous ne serait ici. Jamais Skully ne laisserait l'un de nous là-bas. Pas même toi.

En arrivant à la ferme, ils se figèrent. Un agent du Sanctuaire allait et venait à l'intérieur, en sirotant une tasse de thé. Quand il se retourna, il fronça les sourcils, visiblement surpris de découvrir trois personnes qui l'observaient par le trou béant dans le mur.

– Oh, fit-il.

Valkyrie frappa l'air avec sa paume. Les ondes heurtèrent le sorcier qui dérapa sur le sol. Elle pénétra dans les ruines en se servant de son anneau pour rassembler les ombres de la maison et les faire s'abattre sur la tête de l'agent. Il ne se releva pas.

China et Fletcher la rejoignirent. Tous les trois se dirigèrent vers le trou dans le mur opposé, celui qui donnait sur la cour de la ferme. À l'autre extrémité, au milieu des engins agricoles rouillés, se trouvait le deuxième sorcier. Quand il les vit, il plongea la main à l'intérieur de sa veste pour prendre son téléphone.

Fletcher se volatilisa et réapparut immédiatement à ses côtés. Il posa la main sur son épaule et ils disparurent tous les deux. Quelques secondes plus tard, Fletcher se matérialisa devant Valkyrie. Celle-ci allait lui demander ce qu'il avait fait de l'agent du Sanctuaire quand elle entendit un cri d'effroi. L'agent tomba du ciel et s'écrasa au sol. Il gémit un instant, puis cessa de bouger.

Fletcher attira la jeune fille contre lui et avant qu'elle puisse protester, il l'embrassa. Elle se raidit entre ses bras mais, quand il effleura sa joue avec son pouce, elle se laissa aller contre lui. Elle sentit son ventre se nouer. Puis le baiser prit fin.

– S'il faut le faire, dit-il d'un ton bourru, dépêchons-nous. Ce n'est pas tous les jours que j'envoie quelqu'un en enfer.

China traça un cercle sur le sol et Fletcher s'y agenouilla en tenant le crâne à deux mains. Elle grava des symboles de protection autour de lui. Si quelque chose franchissait le portail sans y être invité, expliqua-t-elle, ces symboles permettraient au moins à Fletcher de le refermer avant de mourir. Il ne semblait guère réconforté par ces paroles, mais il ne fit aucun commentaire.

Quand China activa les symboles, une fumée rouge s'en échappa et vint se mêler à la fumée noire qui montait du cercle. La fumée forma une colonne qui redoubla d'intensité lorsqu'elle monta dans le ciel en tourbillonnant.

Cette fois, Fletcher savait ce qu'il devait faire. Onze mois plus tôt, obligé d'ouvrir le portail, il avait dû apprendre sur le tas. Il avait utilisé l'Ancre d'Isthme – à l'époque il s'agissait de la Grotesquerie, aujourd'hui c'était le crâne – sans y être suffisamment préparé et ce fut comme si on lui avait arraché les entrailles, avait-il dit. Désormais, à en juger par ce que pouvait voir Valkyrie à travers la fumée, il maîtrisait le processus. Il paraissait déterminé. En colère, certes, mais déterminé.

Une lumière jaune apparut, semblable à un soleil aplati dont les extrémités bouillonnaient de flammes. Elle s'étendit.

China prit le bras de Valkyrie et se pencha vers elle pour se faire entendre par-dessus le rugissement de la colonne de fumée.

– Tu as une heure ! cria-t-elle. Dans soixante minutes exactement, cette porte se rouvrira. Tu as intérêt à te tenir prête… avec ou sans lui.

– Je ne le laisserai pas là-bas ! répondit-elle. Faites en sorte que Fletcher soit encore là au moment où on devra rentrer à la maison.

China posa ses yeux bleus éclatants sur la jeune fille et la serra dans ses bras.

– Merci de faire ça, glissa-t-elle à son oreille.

China s'éloigna et Valkyrie se tourna vers le portail. Il était plus grand qu'elle maintenant. Elle s'humecta les lèvres et avança. Le vent fouettait ses cheveux et elle sentait l'attraction de la force de gravitation, impatiente de l'accueillir. Après un moment d'hésitation, Valkyrie s'élança, droit vers la lumière jaune.

8
Prems !

Jack A. Ressort se languissait de Londres. De ses toits, de ses tours et de ses parapets. Il se languissait des pirouettes au-dessus de la foule qui passait tout en bas dans les rues. Il se languissait des réactions des Londoniens quand il les tuait, comme s'ils étaient choqués que quelqu'un puisse avoir cette outrecuidance.

Jack n'était pas rentré chez lui depuis plus d'un an. Là-bas, il était recherché. Il avait essayé Paris, puis Berlin, mais il avait compris qu'il souffrait du mal du pays en s'apercevant que toutes les personnes qu'il tuait étaient des touristes anglais. Cette constatation l'avait plongé dans une dépression de plusieurs mois. Finalement, bien décidé à prendre le taureau par les cornes, il avait dressé la liste de tous ceux et celles qu'il jugeait responsables de son exil, et il avait été émerveillé de voir avec quelle rapidité la dépression se transformait en colère. Tous les individus figurant sur cette liste travaillaient pour divers Sanctuaires *à travers le monde et la mission de Jack lui était apparue clairement tout à coup.*

Détruire les Sanctuaires.

Et maintenant, loué soit l'heureux hasard, il était de retour à Dublin, et il travaillait avec deux hommes qu'il n'aurait jamais cru côtoyer de nouveau un jour : Billy-Ray Sanguin et Dusk. Mais étant donné que Sanguin ne fréquentait plus ces dingues de Sans-Visage et que son affrontement avec Dusk n'avait jamais été motivé par des raisons personnelles, Jack était prêt à oublier et à pardonner. Après tout, ils poursuivaient tous le même objectif : se venger de ceux qui leur avaient fait du tort.

– Je veux Tanith Low, confia-t-il à cet autre type, Larsouille, alors qu'ils paressaient au château.

Larsouille leva la tête, surpris que quelqu'un lui adresse la parole.

– Pardon ?

– Tanith Low, répéta Jack. Avec son cuir marron et son épée chantante. Je me la réserve.

– Oh.

– En un sens, c'est à cause d'elle que je suis recherché. Elle m'a arrêté et enfermé dans une cellule où Sanguin m'a déniché. Si je n'avais pas accepté de l'aider en échange de ma liberté, jamais je n'aurais été recherché.

– Exact, dit Larsouille.

– Et toi ?

– Quoi, moi ?

– De qui tu veux te venger ?

– Oh. De Valkyrie Caïne.

– Beaucoup de gens veulent se venger d'elle. Elle a quel âge ? Quinze ans, c'est ça ? Et il y a déjà quatre personnes qui veulent la tuer.

Larsouille se pencha en avant avec des airs de conspirateur.

– C'est elle qui a fait échouer mes plans.
– Ah bon ?
– Parfaitement. Je suis un artiste. Je transforme le meurtre en œuvre d'art. C'est ma spécialité, en quelque sorte. Plusieurs fois, elle m'a empêché d'exercer mon talent. Et un jour, elle m'a tabassé alors que j'étais déjà salement amoché.
– Tu t'es fait tabasser par une fille de quinze ans ?
– Quand j'étais salement amoché, oui. Et elle avait quatorze ans à l'époque.
– Je suppose que dans un certain environnement, il n'est pas facile de se défendre contre la magie des éléments.
– Oh, elle n'a pas utilisé la magie.
– Tu veux dire qu'elle t'a juste... tabassé ?
– J'étais salement amoché.
– C'est-à-dire ?
– Salement.
– Tu étais salement amoché ?
– Oui. Tu t'es déjà fait tabasser par une fille de quatorze ans ?
– J'avoue que non.
– Ce n'est pas très agréable.
– Je m'en doute.

– C'est pour ça que je veux me venger.
– Écoute, vieux, je ne veux pas chercher des histoires ni rien, mais tu te fais appeler le Tueur Suprême, pas vrai ? As-tu déjà tué quelqu'un au moins ?

Larsouille émit un grand éclat de rire affreusement forcé, à la fois désespéré et paniqué. Jack aurait juré qu'il avait rougi.

Mais Jack s'en fichait, évidemment. Ils étaient ici pour renforcer l'équipe, pour rester assis pendant que Scarab et Sanguin prenaient les décisions. Et le moment venu, ils frapperaient.

Jack attendait ce moment avec impatience.

9
Le pire des mondes

Le ciel était rouge.

Le soleil, juste au-dessus de sa tête, était une boule de feu. Énorme et brûlant, il semblait plus proche que le soleil de chez elle. Jadis, cette ville avait dû être impressionnante. Les habitants avaient vécu sur cette colline imposante, transformant les cavernes en habitations, creusant portes et fenêtres dans la roche, avant de s'étendre vers l'extérieur. Les maisons de pierre qu'ils avaient bâties, les unes sur les autres, saillaient de la paroi de la falaise et rappelaient à Valkyrie ces images des villes accrochées aux montagnes du Brésil. Elle imaginait une cité grouillante de vie, d'énergie et de bruit, avec des centaines de milliers de personnes entassées et obligées de cohabiter.

Mais maintenant, tout était calme. Et mort.

Le portail se referma derrière elle. Valkyrie se trouvait dans une étroite ruelle de pierre blanchie par le soleil et aveuglante. Elle descendit la pente. Ses pieds crissaient sur le sol lézardé. En passant devant les maisons à demi effondrées, elle jetait des coups d'œil à l'intérieur, mais toutes les pièces étaient vides, dévastées par les éléments et d'autres fléaux.

La pente s'adoucit et la ruelle déboucha sur une sorte de place. Valkyrie marcha jusqu'au milieu et décrivit un cercle, lentement, pour observer les environs. Levant les yeux vers la paroi de la falaise, elle découvrit ses dimensions colossales. Ce n'étaient pas des centaines de milliers de personnes qui avaient vécu ici autrefois, songea-t-elle. Mais des millions. Une pensée la frappa. Elle se trouvait dans un monde extraterrestre.

Malgré elle, Valkyrie sourit.

Elle se ressaisit. Elle avait une mission à accomplir et disposait d'un temps limité. Elle emprunta une rue qui partait sur sa droite. Celle-ci s'incurva et Valkyrie avançait maintenant sur du sable charrié par le vent et provenant des vastes étendues de la vallée aride qui entourait la ville. Il avait la couleur de l'or.

Elle marcha pendant quelques minutes, en prenant soin de suivre une ligne relativement droite pour être sûre de retrouver son chemin au retour. Hideous lui avait affirmé que ses vêtements régulreraient sa température corporelle, en toutes circonstances, mais quelque chose ne fonctionnait apparemment pas car elle transpirait. Un filet de sueur coulait sur son visage. Elle ôta sa veste et la laissa dans un coin en guise de repère. Elle sentit la caresse du soleil sur ses épaules. Elle ouvrit son haut pour laisser entrer l'air, mais le vent était atténué par le labyrinthe des rues. C'est en débouchant dans l'une d'elles qu'elle vit le corps.

Il était assis par terre, adossé à un mur. À l'emplacement de la poitrine, il n'y avait plus qu'un trou béant ; ses viscères avaient séché depuis longtemps. La tête était lisse, privée de traits. C'était le corps d'un homme qui s'appelait Batu, un corps qui avait été commandé par le dernier des Sans-Visage à avoir franchi le portail. Désormais, il n'abritait plus aucun signe de vie. Pour les Sans-Visage, les corps humains étaient de simples véhicules qu'ils abandonnaient après usage. La dépouille de Batu ressemblait à un vieux bateau à la coque percée ou à une voiture rouillée. Lui qui avait eu pour ambition de devenir un dieu.

Il tenait quelque chose dans sa main droite, un os partiellement enveloppé de haillons. Valkyrie ne voulait pas imaginer qu'il avait pu appartenir à Skully. Elle brûlait d'envie de crier son nom, mais la perspective de briser ce silence irréel l'effrayait. Elle ne savait pas quoi faire d'autre néanmoins. Elle pourrait arpenter cette ville pendant des mois sans le trouver. Non, non. Le portail s'était forcément ouvert à proximité de Skully. Celui-ci se trouvait dans les parages. Il le fallait.

Valkyrie rebroussa chemin d'un pas vif et ramassa sa veste au passage. Elle regagna la ruelle dans laquelle le portail l'avait déposée. Elle la suivit aussi longtemps que possible, jusqu'à une caverne. Là, elle lâcha de nouveau sa veste et fit jaillir une flamme dans sa paume. Et elle quitta le soleil pour pénétrer dans le noir absolu.

En avançant, elle découvrit des étagères taillées dans les murs et un rocher transformé en table. Elle traversa de vastes zones où elle n'avait pas besoin de la flamme car les fenêtres avaient été placées de manière à avaler et propager la lumière. La caverne se terminait devant une paroi. En se retournant pour faire demi-tour, Valkyrie découvrit un os dans la poussière et, juste à côté, quelques marches de pierre. Elle les gravit.

Le soleil entrait par les trois fenêtres percées dans le mur du fond et Valkyrie laissa la flamme s'éteindre dans sa paume. Au centre de la pièce gisait un squelette. Ses vêtements lacérés pendaient sur la carcasse qui avait été disposée de manière à donner une impression de masse. À première vue, les jambes de pantalon étaient vides et le bras droit manquait à l'appel. Le squelette gisait sur le dos ; sa cage thoracique exposée aux regards était couverte de poussière ; il ne bougeait pas.

Soudain, quelque chose saisit le cœur de Valkyrie et refusa de lâcher prise. Elle émit une sorte de gémissement mais, quand elle essaya de prononcer le nom de Skully, elle en fut incapable. Son premier pas fut hésitant car ses jambes étaient faibles. Elle marcha lentement, très lentement, jusqu'au centre de la pièce.

– Bonjour…, murmura-t-elle.

Le squelette gisait toujours sur le sol, immobile.

– C'est moi. Je viens vous chercher. Vous m'entendez ? Je vous ai retrouvé.

Aucun souffle de vent n'agitait les haillons.

Elle s'agenouilla près du squelette.

– Dites quelque chose, je vous en prie. Par pitié. Vous m'avez tellement manqué, je me suis donné tant de mal pour vous retrouver. Je vous en prie !

Elle tendit la main vers lui… Skully Fourbery tourna la tête en braillant :

– Bouh !

Valkyrie poussa un cri strident et recula en rampant sur les fesses, pendant que Skully partait d'un grand éclat de rire comme s'il n'avait jamais rien vu d'aussi drôle. Il riait encore quand la jeune fille se releva, et lorsqu'elle le foudroya du regard, il s'esclaffa de plus belle. Finalement, alors que le fou rire secouait encore ses épaules, Skully se dressa sur le coude qui lui restait.

– Oh, bon sang, dit-il, voilà que maintenant je me distrais en flanquant la frousse à mes hallucinations. Ce n'est pas bon, psychologiquement parlant.

– Je ne suis pas une hallucination.

Il leva les yeux vers elle.

– Si, ma jolie, mais ne t'en fais pas pour ça, va. Être une hallucination, c'est avant tout un état d'esprit, voilà ce que je dis toujours.

– Skully, je suis réelle !

– C'est ce qu'il faut se dire.

– Non, non, je suis vraiment réelle ! Et je suis ici pour vous ramener.

– Je te trouve bizarre. Habituellement, mes hallucinations sont plus portées sur la danse et le chant.

– C'est moi, Valkyrie !

– Tu serais surprise par le nombre de créations de mon imagination qui disent la même chose. Tu n'aurais pas un échiquier imaginaire sur toi, par hasard ? J'ai une énorme envie de jouer depuis un moment, et étant donné que tu es un aspect de ma personnalité, tu serais certainement une adversaire digne de ce nom.

– Comment faire pour vous prouver que je suis réelle ?

Cette question le fit réfléchir.

– Curieux. Tu ne peux pas me dire une chose que nous seuls connaissons car si je la connais, mon hallucination aussi. Toutefois, en poussant un peu plus loin cette théorie, si tu me disais une chose que tu es la seule à savoir, cela prouverait que tu n'es pas une création de mon esprit.

– Que dois-je vous dire, alors ? Mon secret le plus caché ? Mon plus ancien souvenir ? Ma plus grande peur ?

– Si tu me disais ce que tu as mangé ce matin au petit déjeuner ?

– Des Honey Loops.

– Et voilà.

– Vous croyez que je suis réelle, maintenant ?

– Absolument pas. Je peux l'avoir inventé à l'instant.

– J'ai retrouvé votre crâne, celui que les lutins vous ont volé. Fletcher s'en est servi comme d'une Ancre d'Isthme pour ouvrir le portail et je l'ai franchi pour venir vous chercher.

– Mon crâne ?

– C'est logique, non ? C'est possible, n'est-ce pas ?

– C'est… fort possible, en effet.

– Vous y avez pensé ? Vous aviez imaginé que votre crâne pourrait servir d'Ancre ?

– Non, mais il faut dire que j'étais préoccupé par la torture et l'absence de conversation intéressante.

– Donc, si vous n'y aviez pas encore pensé, comment aurais-je pu le savoir si je n'étais qu'une création de votre imagination ?

– En fait, répondit Skully, lentement, tu pourrais être une création de mon *subconscient*.

– Je ne suis pas une création de votre subconscient. Je suis Valkyrie. Je suis réelle et je suis ici pour vous sauver.

– Si tu peux me rendre mes membres, je te croirai.

– Soit, répondit-elle en scrutant les alentours.

Il s'adressa à elle pendant qu'elle fouillait la caverne :

– À vrai dire, j'ai renoncé à tout espoir d'être sauvé, et ce scénario me paraît un peu tiré par les cheveux. Sans vouloir t'offenser. Au début, j'ai cru que des survivants viendraient me chercher, mais je me suis fait à l'idée qu'ils sont tous morts à l'heure qu'il est.

— Des survivants ?

Valkyrie ramassa une jambe par terre, intacte, et l'épousseta avant de la donner à Skully.

— Il y avait des survivants quand je suis arrivé, expliqua celui-ci en rattachant le fémur à sa hanche, selon sa méthode habituelle, efficace, mais visiblement douloureuse. C'est le dernier monde que les Sans-Visage ont atteint et ils se sont régalés. J'ai fait la connaissance de plusieurs personnes avant qu'elles soient tuées et que je sois capturé. Il m'a fallu un certain temps pour apprendre leur langue, mais d'après ce qu'elles m'ont raconté, ce monde regorgeait de magie autrefois. Et puis, il y a trois cents ans, les Sans-Visage sont apparus.

— Mais les Sans-Visage ont été chassés de notre réalité il y a des *milliers* d'années.

Valkyrie redescendit les marches de pierre pour récupérer l'os qu'elle avait remarqué précédemment. C'était la deuxième jambe de Skully. Elle ramassa également une poignée d'osselets qui semblaient être des orteils.

— Ah, mais ce n'est pas là que les Sans-Visage ont été exilés, répondit le squelette quand elle revint. Les Anciens les ont chassés de notre monde et les ont expédiés dans une dimension désertique. Hélas, ils se sont échappés et ont transpercé les murs de la réalité pour accéder à un univers grouillant de vie. Au fil du temps, ils l'ont décimé en tuant tout le monde, en détruisant les soleils, en semant la désolation dans d'autres galaxies. Une fois leur sinistre œuvre achevée, ils ont poursuivi leur périple.

Valkyrie lui tendit ses morceaux de jambe.

– Dans une autre réalité, dit-elle.

– Plusieurs, qu'ils ont anéanties tour à tour dans leur quête du chemin qui les ramènerait chez eux. Il y a trois cents ans, ils sont arrivés ici et n'ont pas pu aller plus loin. Depuis, ils cherchent une issue.

– Oh…

– Et pendant tout ce temps, nous pensions que les Anciens les avaient exilés dans un endroit où ils ne pourraient pas sévir. D'innombrables milliards d'individus ont été tués à cause de nous, Valkyrie.

Celle-ci ne réagit pas.

– Si tu es réelle, reprit-il, je sais ce que tu ressens. De la culpabilité, n'est-ce pas ? Un effroyable et colossal sentiment de responsabilité à cause d'une tragédie dans laquelle tu n'as joué aucun rôle. C'est aussi ce que j'ai éprouvé quand j'ai appris cette histoire. Je ne savais pas quoi faire. Envoyer un petit mot d'excuse dans chaque réalité ? Puis quand les Sans-Visage nous ont découverts, ils ont tué les autres et m'ont emmené, alors j'ai enfin compris que des remords inutiles ne pouvaient rien donner de bon et j'ai cessé d'y penser. La torture permanente s'est révélée une bonne distraction.

– Vous… Tout va bien ?

– Pas vraiment. (Il s'arrêta alors qu'il était en train de refixer sa jambe.) Ils ne m'ont pas tué et ils ne m'ont pas pris ma magie car, chaque jour, ils prennent plaisir à me traquer. Ils se relaient, je suppose, pour habiter le corps de Batu. Ils me retrouvent, je me défends, ils gagnent facilement et ils s'amusent à me disloquer. Hier, par exemple, ils m'ont arraché les jambes et ont fichu le camp avec mon bras. Ils me laissent la nuit pour me reconstituer, afin de pouvoir me chasser à nouveau le lendemain avec leurs animaux de compagnie. Comme tu peux l'imaginer, c'est la grosse rigolade.

– Eh bien, c'est terminé maintenant. Nous avons une demi-heure avant que le portail s'ouvre pour nous laisser ressortir. Venez.

– Il me manque un bras.

– Et alors ?

– Tu ne dirais pas ça si c'était le *tien*. Je n'irai nulle part sans mon bras. Va me chercher mon membre et je franchirai ce portail imaginaire avec toi.

– Vous pouvez m'aider à le chercher, répondit Valkyrie en tendant la main pour l'aider à se relever. (Elle heurta un mur invisible.) C'est quoi, ça ?

– Un truc que j'ai mis au point, dit Skully avec suffisance. Ça fait longtemps que je n'ai que la magie pour me distraire. Les Sans-Visage n'ont aucun mal à traverser ce petit mur d'air, mais pour les créations de mon imagination comme toi, c'est pas facile.

Je me suis enseigné quelques nouveaux tours également.

— Autrement dit, vous allez rester assis là pendant que je me tape tout le boulot ?

— Exact. À ta place, je chercherais l'ancien corps de Batu. Si mon bras est quelque part, c'est là.

— Oui, je l'ai vu. Il est dehors, à quelques rues d'ici. Nous pourrions y aller en marchant et nous aurions encore largement le temps avant l'ouverture du portail.

— Si tu cours, tu me le rapporteras plus vite.

Valkyrie soupira. Elle abandonna Skully pendant qu'il finissait de remettre sa jambe en chantonnant. Elle sortit précipitamment sous le soleil rouge et revint sur ses pas, guidée par ses empreintes dans le sable. Elle aurait aimé avoir des lunettes noires pour se protéger de la lumière aveuglante. Ses bras rougissaient rapidement et elle se demandait comment elle pourrait expliquer à ses parents la présence de ces coups de soleil au mois de septembre.

Le corps était là où elle l'avait laissé, affaissé et inerte. Elle passa sa langue sur sa lèvre inférieure pendant qu'elle cherchait la meilleure façon de procéder et, finalement, elle lui décocha un coup de pied dans la tête. Comme le corps n'essayait pas de lui sauter dessus, elle se baissa pour lui arracher le bras de Skully qu'il tenait fermement. C'est alors que ses oreilles se débouchèrent. Elle chancela et eut soudain la chair de poule. L'intérieur de sa bouche était comme une peau sèche et tendue sur le tambour de son cœur palpitant. Elle trébucha sur le corps et tomba. Elle rampait maintenant. Sa tête était remplie de murmures assourdissants.

Les Sans-Visage approchaient.

10
Du sang et des balles

China savait quand quelqu'un l'observait. C'était un sixième sens qu'elle avait affiné au cours de ces cent dernières années, aussi précieux qu'inutile. Car les gens passaient leur temps à la dévisager.

Elle se retourna et Fletcher s'empressa de regarder ailleurs, gêné.

– Vous croyez qu'il y en a pour longtemps ? demanda-t-il.

China ne répondit pas. Elle n'aimait pas le bavardage. Fletcher haussa les épaules et fourra ses mains dans ses poches. Tout juste s'il ne se mit pas à siffler.

Si elle avait été du genre à parler dans le vide, elle aurait expliqué à ce pauvre garçon que son histoire avec Valkyrie ne le mènerait nulle part, surtout après le retour de Skully. Toute la vie de la jeune fille tournait autour de lui désormais, elle était prise dans son orbite, et un garçon comme Fletcher n'avait aucune chance.

Skully et Valkyrie étaient faits l'un pour l'autre, China s'en apercevait maintenant. Ils étaient faits pour se trouver, pour former un lien unique et pour influencer mutuellement leur existence. Tout ce que pouvait espérer ce jeune Téléporteur, comme n'importe qui, c'était de pouvoir rester sur la touche en tant que spectateur.

Un tatouage en forme de croissant apparut peu à peu sur le poignet de China et se mit à la brûler, indiquant que quelqu'un avait atteint le périmètre de sécurité qu'elle avait fait installer.

– Reste ici, ordonna-t-elle à Fletcher en traversant la cour de la ferme à grands pas.

Ils surgirent au coin : un agent du Sanctuaire qu'elle identifia comme étant Fanion et quatre Fendoirs. Sur un signe de tête de l'agent, ces derniers se précipitèrent vers China. Celle-ci tapota les symboles qui partaient de ses poignets et écarta les bras. Une vague d'énergie bleue frappa un des Fendoirs avec une extrême violence et le projeta en arrière. Mais les trois autres étaient sur leurs gardes et ils pénétrèrent dans la vague en tournant sur eux-mêmes ; la magie roula sur leurs uniformes.

Il ne s'agissait pas d'une simple arrestation, comprit China en évitant les coups de faux. À en juger par leur agressivité, les Fendoirs avaient reçu l'autorisation de tuer, et ils n'allaient pas s'en priver. Elle frappa ses poings l'un contre l'autre. Les tatouages rouges sur ses jointures apparurent. Elle esquiva une nouvelle attaque et décocha un redoutable crochet. Sous l'impact, la tête du Fendoir fit un tour complet ; il s'écroula et ne se releva pas. Le suivant, touché à l'estomac, se plia en deux.

Le dernier Fendoir frappa son genou du manche de sa faux. China poussa un cri de douleur et parvint de justesse à éviter la lame qui suivit. L'uniforme qui le protégeait de la tête aux pieds déséquilibrait le combat.

Malgré cela, elle lui rentra dedans, lui saisit le bras et remonta sa manche. Simultanément, elle serra la main droite et les extrémités de ses doigts pressèrent sa paume, activant les symboles qu'elle avait gravés là il y avait très longtemps. Ses doigts se refermèrent autour du poignet nu du Fendoir. Celui-ci se raidit. Elle aurait juré qu'elle l'avait entendu hurler sous son casque et, alors qu'il s'écroulait à son tour, elle se retourna vers Fanion qui lui tira dessus.

La balle atteignit China en pleine poitrine et elle se retrouva en train de marcher à reculons, à toute vitesse tout en essayant de rétablir son équilibre. Elle plaqua ses mains sur sa blessure ; un sang presque noir jaillissait entre ses doigts. Ses jambes se dérobèrent et elle s'effondra sans grâce. Sa tête heurta le sol. Elle demeura allongée, les yeux levés vers les nuages.

– Oh.

Ce fut sa seule parole.

11
Les Sans-Visage

Le vieux corps de Batu se leva lentement. Son dos était voûté et ses bras maigres tout tordus. De sa cachette, Valkyrie le regarda s'enfoncer dans l'obscurité d'un pas traînant. Pourquoi le Sans-Visage s'embarrassait-il d'un véhicule si endommagé ?

La pression dans ses oreilles était redevenue normale, et même si son cœur continuait à battre la chamade, il ne menaçait plus de jaillir hors de sa poitrine. Une fois certaine qu'elle n'allait pas vomir, elle suivit la créature à distance respectueuse. Face à un Sans-Visage, elle ne pouvait pas faire grand-chose, à part peut-être détourner son attention en mourant bruyamment. S'il recommençait à torturer Skully, elle serait obligée d'assister à ce spectacle. Cette idée ne lui plaisait pas.

Elle tenait toujours le bras droit du squelette. Il était intact, jusqu'aux doigts, et produisait un léger cliquetis quand elle bougeait.

Le Sans-Visage gravit péniblement les marches. Valkyrie s'accroupit, au cas où il jetterait un coup d'œil en arrière. Il n'en fit rien, évidemment, les Sans-Visage n'étant pas du genre à « jeter un coup d'œil ». D'abord, ils n'avaient même pas d'yeux. Valkyrie attendit qu'il ait disparu pour avancer en rampant. Elle croyait deviner pourquoi ils continuaient à utiliser le corps de Batu : peut-être que la torture leur apportait plus de satisfaction quand elle était pratiquée sous une forme humaine. Elle monta les marches à son tour, prudemment, et avança la tête, juste à temps pour voir Skully reculer devant le Sans-Visage qui marchait vers lui.

– Je savais bien qu'elle n'était pas réelle, disait-il. Tout ça, ça fait partie d'une nouvelle ruse, hein ?

Il grogna et s'éleva dans les airs et, soudain, son corps se raidit comme un piquet. Sous le regard horrifié de Valkyrie, une force invisible commença à séparer ses os les uns des autres. Les manifestations de douleur, faibles au début, s'amplifièrent, jusqu'à ce qu'il rejette la tête en arrière pour hurler son insoutenable souffrance tandis qu'on détachait sa mâchoire de son crâne, lentement.

Valkyrie bondit à l'intérieur du cercle. Son anneau de nécromancien s'empara des ombres et les enroula autour de la cheville gauche du Sans-Visage. Sans cesser de courir, elle tira sur les ombres de toutes ses forces, mais celles-ci résistèrent et ses jambes se dérobèrent sous elle, la projetant au sol. Le Sans-Visage n'avait pas bougé. Il tourna vers elle sa tête dénuée d'expression et lâcha Skully, qui s'effondra sous la forme d'un tas d'os gémissant. En se relevant, Valkyrie lui lança son bras manquant.

Le Sans-Visage l'observa sans faire le moindre geste. Elle avait déjà assisté à cette étrange réaction onze mois plus tôt. D'après la théorie de China, les Sans-Visage étaient capables de détecter le sang qui coulait dans les veines de la jeune fille, le sang du Dernier des Anciens. Valkyrie ignorait s'il s'agissait de la véritable raison, mais tout avantage était bon à prendre. Elle frappa dans ses paumes. L'air ondula et alla frapper le corps disloqué planté devant elle. La rafale fit voltiger les haillons qui l'enveloppaient ; cependant, le corps demeura immobile.

Autour du doigt de Valkyrie, l'anneau était froid ; il absorbait toute la mort que cette cité avait vue. Elle rassembla les ombres et les projeta sur son adversaire. Une lance de ténèbres s'enfonça dans le torse du Sans-Visage et ressortit dans son dos. Il tituba et se regarda.

Skully était toujours assis par terre ; il assouplissait ses doigts. Valkyrie le saisit par le bras pour le relever et l'emmener. Il pesait étonnamment lourd. Ils sautèrent au pied des marches et coururent vers l'entrée de la caverne.

— Plus vite ! cria-t-elle.

— Pourquoi ? Je ne suis toujours pas convaincu que tu existes réellement.

— Je viens de vous remettre debout !

— C'était peut-être un courant d'air.

Ils émergèrent de la caverne. Valkyrie récupéra sa veste par terre et se retourna. Le Sans-Visage n'avait pas encore atteint les marches.

Elle regarda Skully.

— Je ne suis pas un courant d'air !

— Tu y ressembles.

— Ça n'a aucun sens.

— Mes échanges verbaux sont un peu limités ces temps-ci. Je crois que je ferais mieux de décamper. Si tu veux me suivre, tu es la bienvenue.

— C'est ici que le portail doit s'ouvrir.

— Si l'Ancre d'Isthme est liée à moi, le portail s'ouvrira là où je me trouve. Allez, viens, on n'a pas de temps à perdre.

— Comment ce Sans-Visage a-t-il fait pour vous traquer ? demanda Valkyrie alors qu'ils couraient dans la ruelle. Il se déplace à petits pas.

— Il a des animaux domestiques, expliqua Skully. Et ses animaux domestiques ont eux-mêmes des animaux domestiques. (Il désigna le ciel rouge.) D'ailleurs, les voici.

Elle les aperçut, silhouettes noires agitant leurs ailes massives sur le fond écarlate. Elles avaient la taille d'une buse et leur queue dentelée était deux fois plus longue. Valkyrie crut discerner sous leur ventre des sortes de sangles qui se croisaient, et elle comprit que ces créatures transportaient une douzaine de cavaliers assis sur des selles.

— Tu sauras qu'elles nous ont repérés quand elles commenceront à pousser des cris aigus, indiqua Skully.

À peine eut-il prononcé ces mots que les drôles d'oiseaux se mirent à piailler.

Les deux fugitifs enjambèrent un muret, franchirent une porte basse et traversèrent la maison en ruine pour ressortir par une fenêtre de l'autre côté. Les créatures ailées survolèrent les rues en rase-mottes et les cavaliers en profitèrent pour sauter de leurs montures.

Deux d'entre eux atterrirent à proximité. C'étaient des êtres décharnés à la peau jaune couverte de tatouages primitifs, vêtus de cuir et de fourrure, armés de lames fines et inquiétantes. Leurs dents étaient pointues, leurs yeux sombres et leurs cheveux dressés comme des épines de porcs-épics.

Skully alla à leur rencontre. Il bloqua le premier coup de poignard et brisa le bras de son agresseur au niveau du coude. Il projeta le cavalier qui hurlait de douleur dans les pattes de son compagnon et profita de la confusion momentanée pour décocher un coup de pied dans le genou du deuxième cavalier. Sur ce, il reprit la main de Valkyrie et l'entraîna entre deux maisons.

Un autre cavalier sauta du toit, mais Skully l'envoya valdinguer d'un souffle d'air. Valkyrie fit volte-face au moment où un nouvel agresseur retombait derrière elle. Celui-ci maniait une énorme épée, trop grande pour un espace aussi exigu. Elle lui jeta sa veste au visage, abaissa la main qui tenait l'épée, le saisit par l'épaule et lui donna un coup de pied dans la cheville. Déséquilibré, il tomba et sa tête heurta le mur.

Elle récupéra sa veste et ils se remirent à courir, s'engouffrant dans une autre maison, alors qu'un trio de cavaliers surgissait devant eux. Ils empruntèrent l'escalier, se précipitèrent vers la fenêtre et sautèrent à travers tels des coureurs de 110 mètres haies, pour atterrir sur le toit de la maison voisine. Ils bondirent ainsi de toit en toit, en fonçant vers la périphérie de la ville tandis que, autour d'eux, des cavaliers escaladaient les façades pour poursuivre la chasse.

– Vous avez un plan ? cria Valkyrie.

– Rarement.

Il la souleva dans ses bras et sans la moindre hésitation, il sauta dans le vide ! Il n'y avait rien d'autre en dessous qu'un à-pic de trois mille mètres jusqu'au fond de la vallée. Valkyrie hurla.

– Pourquoi hurles-tu ? demanda Skully dans son oreille, tandis qu'ils dégringolaient.

Elle se tourna vers lui et hurla de plus belle, directement dans son orbite vide. Il soupira.

– Essaye de t'accrocher.

Leur angle de chute changea brusquement ; ils se déplaçaient maintenant latéralement, hors de portée des couteaux avec lesquels on les bombardait du haut de la falaise.

Ils volaient.

12
Au bout du canon

Tandis que China se vidait de son sang, Fanion s'approcha de l'endroit où elle gisait et pointa de nouveau son arme sur elle. C'est alors que Fletcher Renn surgit littéralement de nulle part pour lui asséner un coup de batte de base-ball sur le bras. L'agent du Sanctuaire hurla, lâcha son arme, et Fletcher le frappa encore deux fois, avant de disparaître. Une seconde plus tard, il revint, muni d'un haltère qu'il balança dans la mâchoire de Fanion. Celui-ci décrivit une pirouette, à la manière d'une ballerine, et tomba à genoux. Fletcher lâcha l'haltère et se volatilisa, pour réapparaître armé d'un Taser. Il visa le dos de Fanion. La décharge électrique crépita. L'agent tressaillit et bascula la tête la première. L'air se referma autour de Fletcher et il disparut de nouveau, en emportant Fanion cette fois.

China palpa les symboles gravés au niveau de sa mâchoire et la chaleur se répandit presque immédiatement dans tout son corps. Quand les ondes se concentrèrent sur sa blessure, China serra les dents. Elle sentit la balle se déplacer en tournant sur elle-même. Les larmes lui vinrent aux yeux. Le projectile parcourut en sens inverse le tunnel qu'il avait creusé. Elle poussa un cri lorsqu'il émergea à la surface de sa peau, simple boule de plomb déformée.

Fletcher réapparut à ses côtés, mais elle le chassa en agitant sa main rouge de sang. La chaleur s'intensifia pour détruire les bactéries qui avaient suivi le trajet de la balle dans son corps. Lentement, beaucoup trop lentement au goût de China, ses chairs commencèrent à cicatriser d'elles-mêmes.

13
Sans merci

Valkyrie s'accrochait à Skully, mais elle ne hurlait plus. Elle riait. Il se tenait en position verticale et les entraînait dans les airs à toute allure, avec une décontraction déconcertante. Voilà sans doute ce qu'il voulait dire en parlant des nouveaux tours qu'il avait appris. Elle regarda en bas. Tout ce vide sous eux, ajouté à la réalité de ce qu'ils étaient en train d'accomplir, lui coupa le souffle, littéralement. Elle leva alors les yeux, vers le ciel rouge, et vit les monstres ailés s'abattre sur eux.

Skully modifia sa trajectoire pour éviter les griffes du plus proche. Ils tournoyèrent sur place, avant de se déplacer vers la gauche, et la deuxième créature les manqua à son tour, en poussant un piaillement de rage. Finalement, c'était trop dangereux en altitude, encore plus que dans les rues de la ville, alors ils firent demi-tour. Ils esquivèrent une nouvelle bestiole volante et survolèrent les cavaliers, jusqu'à ce que Skully trouve un endroit propice à l'atterrissage. Après avoir atterri, ils s'empressèrent de franchir une porte ouverte pour se cacher dans l'obscurité silencieuse.

– Vous savez voler, murmura-t-elle.

– J'en avais assez de me déplacer en marchant.

– Vous m'apprendrez ?

– Il faudra d'abord que tu saches maîtriser tous les aspects de la magie des éléments, mais oui. Si on sort vivants d'ici, si tu continues à t'entraîner et si tu es réelle, d'accord. Je t'apprendrai à voler. C'est très amusant.

– Qu'est-ce que vous pouvez faire d'autre ?

Le squelette la regarda, la tête penchée sur le côté.

– Un tas de choses.

Une silhouette apparut dans l'encadrement de la porte. Valkyrie perdit son sourire. Ils reculèrent lorsque le Sans-Visage entra. Skully claqua des doigts, des deux mains, et les tendit devant lui. Deux jets de flammes frappèrent le Sans-Visage, l'enveloppant entièrement. Sous le regard hébété de Valkyrie. Les jets étaient ininterrompus, comme s'ils sortaient de deux lance-flammes. Jamais elle n'avait vu la magie des éléments utilisée de cette façon ; elle ignorait même que c'était possible. Hélas, ça ne suffit pas à arrêter le Sans-Visage, ni même à le ralentir.

Skully éteignit le feu et battit en retraite.

– Ça ne marche jamais, grommela-t-il. Tout ce que je fais ne marche jamais.

Une tache éclatante attira l'œil de Valkyrie. Par la

porte, au-delà de cette carcasse titubante qui avait été le corps de Batu, elle vit le portail jaune.

– Le passage ! Il est ouvert !

– Dans ce cas, tu ferais bien de foncer, dit Skully d'une voix morne.

Il avait laissé pendre ses mains le long de son corps et cessé de reculer.

– Venez ! s'écria-t-elle.

– L'esprit nous joue parfois des tours cruels.

Valkyrie contourna le Sans-Visage. Il tourna la tête, puis reporta son attention sur Skully. La voie était libre jusqu'au portail.

– Skully !

– Tu n'es pas réelle.

– Je vous en supplie !

Le Sans-Visage leva la main et le squelette laissa échapper un petit gémissement. Ses jambes se dérobèrent puis il tomba à genoux, en tremblant de tous ses os.

– J'ai fait des choses horribles, parvint-il à articuler.

Les cavaliers fonçaient dans les rues. Les premiers avaient presque atteint le portail. Valkyrie ne pouvait pas les laisser passer. Fletcher scellerait le passage s'ils commençaient à pénétrer dans leur monde.

Elle enfila sa veste et se précipita en plein soleil. En repoussant l'air, elle parvint à renverser deux cavaliers. Un troisième voulut lui porter un coup de poignard, mais elle bloqua la lame avec sa manche et lui expédia une boule de feu en plein visage. Elle l'envoya dinguer d'un coup de pied, avant d'en frapper un autre avec un fouet d'ombres. Touché en pleine poitrine, il fut projeté au tapis. Mais un cavalier sauta sur Valkyrie et lui immobilisa la tête à la manière d'un lutteur. Elle lui décocha un coup de genou dans le muscle de la cuisse, lui martela les reins et le bas-ventre avec ses poings, le fit basculer autour de sa jambe et monta à pieds joints sur sa gorge.

Au moment où elle se retournait, un poing s'écrasa sur sa joue. Elle tituba et tomba. Le cavalier s'avança pour lui donner un coup de pied, mais elle bloqua son tibia avec son pied gauche, pendant que le droit passait derrière sa jambe pour la coincer avec son talon. Elle exécuta un mouvement de torsion et son agresseur, pris dans cet étau, bascula vers l'avant en braillant. Quand elle roula sur lui, elle entendit sa jambe craquer. Cette fois, il hurla pour de bon.

Sans prendre le temps de souffler, elle lança une boule de feu qui enflamma la fourrure d'un cavalier au moment où il s'apprêtait à atteindre le portail. Il poussa des cris stridents et s'enfuit en tournoyant, mais maintenant, les cavaliers arrivaient de tous les côtés, et Valkyrie ne savait plus où donner de la tête… ni des poings.

– Skully ! À l'aide !

C'est alors que China Spleen apparut. Elle venait de passer le portail.

Ses tatouages flamboyaient. Elle fit naître une

vague d'énergie bleue qui frappa les cavaliers sans leur permettre de réagir. Elle lança des poignards de lumière écarlate, tout en esquivant un cavalier qui fonçait sur elle en brandissant une épée. Elle lui donna un coup de tête, avant d'aller porter secours à ses amis.

Valkyrie se jeta sur un cavalier qui tentait d'attaquer China par-derrière. Après lui avoir arraché son poignard, elle repoussa l'air pour expédier l'ennemi dans les pattes d'un autre.

– Et Skully ? demanda China, tout en brisant le poignet d'un cavalier, pour ensuite lui enfoncer les doigts dans les yeux.

Un cavalier tira Valkyrie par les cheveux. Elle recula et lui expédia son coude dans le nez.

– Là-bas, à l'intérieur, dit-elle, essoufflée. Avec un Sans-Visage.

– Skully Fourbery ! rugit China. Sors de là immédiatement !

Valkyrie se protégea la tête de ses mains en voyant deux ennemis fondre sur elle. Surprise qu'ils n'atterrissent pas, elle leva les yeux. Ils étaient suspendus dans les airs, abasourdis. Ils furent projetés en arrière lorsque Skully franchit la porte en titubant, bras tendus.

– Vous êtes deux maintenant ? s'étonna-t-il. Mes hallucinations ne voyagent *jamais* par paire...

Valkyrie lui prit la main pour l'éloigner de la porte, au moment où le Sans-Visage tentait de le ramener à l'intérieur. Tout en maintenant les cavaliers en respect, China prit l'autre main de Skully, et tous les trois sautèrent dans l'ouverture du portail.

Il y eut un bref éclair jaune et quelque chose s'emmêla dans les jambes de Valkyrie, provoquant sa chute. Mais au lieu de s'écrouler sur le sable dur, elle se retrouva allongée dans l'herbe, encore mouillée par une averse quelques heures auparavant.

Quand sa vision redevint nette, elle constata qu'elle s'était pris le pied dans ceux de Skully et qu'ils étaient tombés tous les deux. China, elle, était restée debout, évidemment, et ordonnait à Fletcher de fermer le portail. Valkyrie regarda l'ouverture rétrécir presque immédiatement, puis disparaître.

Ils se relevèrent et Fletcher sortit du cercle. Tous avaient les yeux fixés sur Skully qui regardait la ferme d'Aranmore autour de lui.

– Bon sang, dit-il, je suis chez moi.

– Comment te sens-tu ? demanda China.

Valkyrie remarqua alors le sang sur les vêtements de China. Et combien elle était livide.

Skully pencha la tête sur le côté et prit son temps avant de répondre :

– Bien, dit-il finalement. Toi, tu es blessée.

– Ça va mieux maintenant.

Fletcher s'approcha de Skully pour lui remettre le Crâne-qui-tue.

– C'est à vous, je crois.

Skully prit le crâne et l'observa.

– Beau mec, commenta-t-il.

Puis il demanda :

– Pourquoi y a-t-il des gens inconscients couchés un peu partout ?

– Guild a envoyé des agents pour nous arrêter, expliqua China. D'autres vont sûrement arriver.

– Dans ce cas, inutile de les attendre. (Skully se tourna vers Valkyrie.) Tu m'as sauvé la vie.

– C'est vrai.

Elle s'attendait à ce qu'il la serre dans ses bras. Elle fut déçue.

– Joli travail, dit-il et il s'éloigna.

14
Le plan derrière le plan

Dans un coin de la tête de Sanguin était tapie une question qui s'insinuait de temps à autre dans ses pensées. Combien de ces hommes devrait-il tuer pour parvenir à ses fins ?

Il savait qu'il n'aurait pas à liquider Scarab. Celui-ci se concentrait sur la vengeance à grande échelle. Jack A. Ressort ne risquait pas de se dresser sur sa route, lui non plus. Il voulait uniquement faire payer tous ceux qui lui avaient causé du tort. Un sentiment que Sanguin pouvait comprendre.

Mais les autres… Ils désiraient tous la même chose. Leur principale motivation était identique : ils voulaient tous se venger de la même personne :

Valkyrie Caïne.

Sanguin avait une bonne raison de vouloir tuer cette fille : une douleur qui le tourmentait depuis le jour où les Sans-Visage avaient franchi le portail. Il avait l'intention de soutenir le plan de Scarab, de son mieux, et jusqu'à présent il avait tenu son rôle. Il avait volé ce qu'il devait voler, il avait fait sortir Dusk de prison en creusant le sol pour entrer et en se battant pour sortir. Maintenant, Dusk rassemblait une armée et lui en rassemblait une autre, de son côté. Il coordonnait et facilitait le plan. Un bon plan, de l'aveu général. Si tout se passait bien, ce plan détruirait leurs ennemis, étancherait leur soif de sang et changerait tout.

Certes, il présentait quelques défauts, parmi lesquels Vaurien Larsouille qui, autant que Sanguin pouvait en juger, n'était pas le Tueur Suprême qu'il prétendait être. Mais c'était sa faute, il l'avait recruté après tout, c'était donc à lui de s'en occuper.

Ce plan était malgré tout un bon plan dans l'ensemble, solide. Néanmoins, dès que l'occasion de se venger se présenterait, il sauterait dessus. Tant pis si cela fichait le plan en l'air, et si tout le monde était arrêté ou tué.

D'une manière ou d'une autre, Valkyrie Caïne mourrait, et Sanguin était déterminé à ce que ce soit de sa main.

15
Retour dans la rue du Cimetière

La maison de Skully était froide et sentait le renfermé. Valkyrie consulta ses messages sur son téléphone, pendant que Skully emportait le crâne que lui avait remis Fletcher dans la grande pièce où il rangeait ses plus beaux vêtements. Le jeune Téléporteur voulut allumer la télé, mais l'électricité avait été coupée. Soudain, ils entendirent un hurlement de douleur ; Valkyrie se retourna vivement, affolée.

— Skully ? cria-t-elle en se précipitant. Tout va bien ? Skully ?

Elle traversa la maison en courant, ouvrant toutes les portes sur son passage. Au moment où elle allait se ruer dans la dernière pièce, la voix de Skully s'en échappa :

— Ça fait un mal de chien !

La jeune fille observa la porte fermée en fronçant les sourcils.

– Qu'est-ce qui se passe ?

– Rien. J'ai changé ma tête. C'est bon de retrouver l'ancienne. Et maintenant, j'en ai une de rechange.

Valkyrie recula quand la porte s'ouvrit pour laisser apparaître Skully. Il portait un costume et une cravate bleu marine et une chemise blanche parfaitement repassée. Il leva le menton.

– Alors, comment tu trouves ma tête ?

– Euh… très bien. Elle ressemble beaucoup à l'autre.

– Qu'est-ce que tu racontes ? Ça n'a absolument rien à voir. Les pommettes sont plus hautes.

– Ah bon ?

– Non ?

– Si, sans doute… peut-être. Elle est agréable à porter ?

– Très. (Il passa devant elle pour entrer dans la pièce où il rangeait ses chapeaux.) Où est Hideous ? Tu lui as annoncé que j'étais rentré ?

– Euh, non.

– Il risque de ne pas te croire. Il pourrait penser que je suis encore en train d'halluciner. Tu ferais bien de le rassurer. Je crois qu'il aimerait savoir qu'il n'est pas le fruit de mon imagination. Moi, en tout cas, ça me ferait plaisir.

Skully mit un chapeau assorti à son costume, l'abaissa sur ses orbites vides et s'admira dans le miroir.

– Ça m'a manqué, murmura-t-il.

– Hideous a été arrêté, déclara Valkyrie pour

essayer de l'obliger à se concentrer. Avec Tanith. Ils sont enfermés au Sanctuaire.

– Pour quelle raison ?

– Pour m'avoir aidée à vous récupérer. Guild a clairement fait comprendre qu'il ne fallait plus ouvrir ce portail. Il affirme qu'on ne peut pas courir le risque que quelque chose s'en échappe.

– Hmmm. Point de vue judicieux.

Valkyrie s'emporta :

– Vous ne m'aidez pas beaucoup !

– Allons, Valkyrie, c'était très dangereux d'ouvrir ce portail. Parfois, il faut savoir reconnaître qu'on s'est trompé.

– Vous ne le reconnaissez jamais, vous.

– Je me trompe rarement. Toi, en revanche, c'est incroyable le nombre de fois où tu te trompes. Statistiquement, c'est stupéfiant.

Il ouvrit un coffret en bois dans lequel il introduisit lentement sa main gantée. Son revolver scintilla quand il le sortit.

– Smith & Wesson, dit-il amoureusement. Tu l'as fait nettoyer ?

– La semaine dernière, répondit-elle et elle se surprit à sourire. J'ai pensé que vous voudriez le récupérer.

Il ouvrit le barillet, prit six balles dans le coffret, les introduisit dans leurs logements puis referma le barillet, avec un petit clic, et actionna le cran de sûreté. Sur ce, il glissa l'arme dans son holster sous sa veste.

– Voilà, dit-il. Je me sens enfin moi-même.

Fletcher entra.

– Salut !

Skully hocha la tête.

– Fletcher. T'ai-je remercié pour avoir ouvert le portail et m'avoir ramené ?

– Non. Mais ne vous privez pas.

– Tu aurais pu provoquer l'extinction de la race humaine, ajouta le squelette d'un ton joyeux, mais ce n'est pas moi qui vais t'en tenir rigueur. Tu peux nous laisser maintenant.

– Pardon ?

Skully hésita, mais pas longtemps.

– Tes cheveux. Ils me perturbent. Je suis désolé, mais je pensais que quelqu'un devait te le dire.

– Vous me flanquez dehors à cause de mes cheveux ?

– Il y en a tellement.

– Vous êtes sérieux ?

– Ça ne se voit pas ?

– Pas vraiment.

– Eh bien, à l'avenir, sache que c'est mon visage sérieux.

Fletcher se tourna vers Valkyrie, qui haussa les épaules.

– On t'appellera quand certains d'entre nous se sentiront un peu plus... raisonnables.

– OK. Dans ce cas... je m'en vais.

Il se volatilisa et Skully reporta son attention sur la jeune fille.

– Alors, où est-*elle* ?

Ils ressortirent de la maison et Valkyrie ouvrit le garage. Elle souleva la bâche qui protégeait la voiture, une Bentley R-Type Continental de 1954, une des deux cent huit qui furent fabriquées, équipée d'un tas d'options modernes qui avaient coûté à Skully la prunelle de ses yeux, si on peut dire. Il caressa la carrosserie.

– Avez-vous encore besoin d'une voiture ? demanda Valkyrie. Vous n'allez pas vous déplacer en volant, maintenant ?

– Voler, ça pompe beaucoup d'énergie. Et ce n'est pas le mode de locomotion le plus discret.

– Alors que la Bentley, si.

Elle entendit un son qui ressemblait à un rire et ils montèrent à bord de la voiture. La Bentley jaillit du garage dans un rugissement, fonça sur la route et négocia le premier virage à une allure qui aurait terrorisé Valkyrie si Skully n'avait pas tenu le volant.

– Bizarre, murmura celui-ci et la Bentley freina brusquement.

– Qu'y a-t-il ?

– Nous sommes suivis. Et pas très discrètement.

Il ralentit et tourna à gauche dans une rue déserte, puis accéléra à fond. Valkyrie fut plaquée contre le dossier de son siège. Il tourna de nouveau à gauche et s'arrêta au milieu de la chaussée. Après avoir vérifié que son écharpe masquait bien son visage, il descendit, revolver au poing.

Une Volvo bleue tourna sur les chapeaux de roue,

dans un crissement de freins, et fit une embardée pour éviter la Bentley. Elle percuta le mur à la place et le moteur cala. Skully s'en approcha, brisa la vitre avec la crosse de son arme, extirpa le conducteur rouquin puis le lâcha sur le bitume.

– Je n'aime pas être suivi, dit-il, avec une certaine agressivité.

– Ne me tuez pas! brailla le conducteur.

– J'en ai assez d'être suivi, continua Skully comme s'il n'avait rien entendu. Je ne suis pas d'humeur à le supporter.

Valkyrie reconnut le jeune homme qui tremblait sur le bitume. Il s'appelait Staven Chialeur; elle l'avait vu à plusieurs reprises au Sanctuaire. Ses yeux ne quittaient pas l'arme de Skully.

– Généralement, je tue tous ceux qui me suivent, grogna celui-ci, comme s'il se parlait à lui-même.

Valkyrie fronça les sourcils.

– Skully?

– C'est comme ça que ça se passe, reprit le squelette. Ceux qui me traquent meurent. Tout simplement. J'aime les choses simples. Propres et nettes.

En le voyant lever son revolver, Valkyrie se précipita. Elle lui saisit le poignet.

– Qu'est-ce que vous faites?

Il la regarda, la tête penchée sur le côté.

– Et toi, qu'est-ce que *tu* fais?

Il resta immobile un instant, puis remit l'arme dans son étui. Il retourna à la Bentley, s'arrêta et regarda le ciel. Chialeur l'observait avec un mélange de confusion et de terreur. Valkyrie s'avança pour lui masquer la vue.

– Que voulez-vous ? lui demanda-t-elle.

– Je viens pour vous arrêter.

– Pour quelle raison ?

– Vous avez agressé l'inspectrice Marr et ouvert le portail, de toute évidence, malgré les ordres explicites du Grand Mage.

– Pardonnez-moi, mais j'ai du mal à croire que c'est vous qu'ils ont envoyé pour nous arrêter.

– En fait, au départ, j'étais juste censé surveiller la maison de Skully Fourbery, admit Chialeur. Les autres inspecteurs sont occupés.

– À quoi faire ?

– Ils n'ont pas voulu me le dire. J'ai cru comprendre qu'un des Sensibles avait eu une vision qui les inquiétait... Les inspecteurs ne me parlent pas de ces choses-là. Je ne suis pas vraiment... dans leurs petits papiers.

Skully s'approcha, les mains dans les poches ; il semblait être redevenu lui-même.

– Vous n'êtes pas ici pour m'arrêter *moi*, hein ?

Chialeur recula.

– Je... je ne sais pas.

– Techniquement parlant, je n'ai violé aucune loi récemment. Je ne me suis pas sauvé moi-même, n'est-ce pas ?

– Non, je suppose...

– C'est donc Valkyrie que vous recherchez ?
– Euh… oui.
– Parfait.
– Néanmoins…, dit Chialeur, hésitant.
– Néanmoins ?
– Techniquement parlant, vous m'avez agressé et je suis un agent du Sanctuaire.
– Certes, dit Skully, mais vous n'êtes pas un très bon agent, hein ? Ils vous ont demandé de surveiller ma maison. Ce n'est pas vraiment une mission de première importance. Depuis combien de temps vous faites le pied de grue devant chez moi ?
– Euh, trois… trois mois.
– Trois mois. Pour quel résultat ? Ma maison a-t-elle été impliquée dans de quelconques activités illégales ? A-t-elle braqué une banque ? A-t-elle attaqué quelqu'un pour le voler ?
– Non…
– A-t-elle seulement bougé de quelques centimètres ?
– Je… je ne crois pas.
– Elle a fait des canulars téléphoniques ?
– Non.
– Et aujourd'hui, vous ai-je expédié dans le décor ? Ou avez-vous provoqué cet accident tout seul ?
– Je… crois que c'est moi.
– Et je vous ai sorti de l'épave, non ? Cette voiture aurait pu exploser, si ça se trouve. Je vous ai sauvé la vie et vous voulez m'arrêter pour ça ?

– Euh... plus maintenant.
– À la bonne heure. Vous voulez vous relever ?
– Oui, s'il vous plaît.
– Alors, debout.
Chialeur se leva.

– Mes amis ont été arrêtés, dit Skully. Hideous Quatépingles et Tanith Low. Que savez-vous à ce sujet ?

– Uniquement ce que j'ai entendu lors des rapports. Ils se sont introduits illégalement dans le Sanctuaire et l'un d'eux a agressé l'inspectrice Marr.

– Marr..., murmura Skully. Davina Marr ? Une Américaine ?

– C'est elle, confirma Valkyrie.

– Elle me déteste, dit-il. Sans raison, pourrais-je ajouter. Sans raison digne d'intérêt, en tout cas. Vous, le pleurnichard, vous irez dire au Grand Mage que je suis revenu, et d'après ce que vous avez pu voir, les terribles expériences que j'ai vécues dans une dimension alternative m'ont légèrement dérangé. Compris ? Vous lui direz également que je lui serais reconnaissant de bien vouloir libérer mes amis le plus vite possible.

– Bien. OK. D'accord.

– Et ensuite, vous menacerez de le tuer.

– Euh... je ne sais pas si c'est une bonne idée...

– Balivernes ! dit Skully en lui tapotant l'épaule. Le Grand Mage *déteste* se faire tirer dessus. C'est très drôle. Tout se passera bien. Allez, filez maintenant.

– Je… je peux remonter dans ma voiture ?
Skully réfléchit, puis secoua la tête.
– Non.
Chialeur soupira.

16
Le Temple

— Tu es bien silencieuse, dit Skully quand ils se retrouvèrent sur la route.
— Oui, répondit Valkyrie.
— C'est moi qui t'impressionne ?
— En quelque sorte.
Le squelette hocha la tête.
— Oui, je t'impressionne.
— Comment vous vous sentez ?
— En pleine forme.
— Vous lui avez flanqué la frousse.
— À qui, au gamin ? Vraiment ?
— Pendant un moment, j'ai cru que vous alliez le tuer.
— Ah bon ?
— Oui.
— Tiens donc ?
— Vous lui avez dit que vous étiez dérangé.
— Hmmm. Ah oui, en effet. Astucieux, non ? Vois-tu, s'ils pensent que je suis devenu fou, ils vont

se creuser la cervelle pour prédire mes actions. Je deviens très très dangereux pour eux, et avec un peu de chance, ça incitera Guild à faire ce qu'on veut.

– Mais ce n'est pas vrai, hein ? demanda Valkyrie, méfiante. Vous n'êtes pas dérangé ?

– Oh, grand Dieu, non ! s'esclaffa Skully. Je suis parfaitement sain d'esprit. J'aimerais que tu me parles un peu de cette bague que tu portes.

– Oh, ça.

– Solomon Suaire t'enseigne la nécromancie, hein ?

– J'avais besoin de forces supplémentaires pour vous ramener, expliqua la jeune fille. Je ne suis encore qu'une Élémentaire stagiaire. J'ai besoin de toute l'aide que l'on peut m'apporter.

– Et maintenant que je suis de retour ?

– Pardon ?

– Tu disais que tu avais besoin de cette bague pour me ramener. Alors, maintenant que je suis ici, c'est terminé ? Tu vas la jeter ?

Valkyrie sentait le métal froid autour de son annulaire ; ce contact était devenu réconfortant ces derniers temps.

– Si vous voulez, répondit-elle.

– Et *toi*, qu'est-ce que tu veux ?

– Je ne sais pas.

Comme Skully ne disait rien, elle dut continuer :

– Je me dis que… jeter une source de pouvoirs, ça n'a aucun sens. C'est une arme utile pour faire du bon travail.

– Être une Élémentaire ne suffit pas ?

– Quand je serai assez puissante, certainement, surtout avec toutes ces nouvelles cordes à votre arc. Mais je n'ai pas fini d'apprendre. Et il me reste encore quelques années avant que ma magie se fixe, pas vrai ?

Skully hocha la tête.

– C'est exact. Vers les vingt ou vingt et un ans, tu devras choisir un style aux dépens des autres.

– Et ensuite, je ne pourrai plus en changer ?

Le squelette hésita.

– Ce n'est pas impossible. Mais c'est rare.

– Je peux continuer à utiliser l'anneau jusqu'à ce que je sois sur le point de me fixer et le rendre ensuite, non ?

– Tout simplement ?

– Pourquoi pas ?

– La puissance est une drogue.

– Je suis capable de me contrôler.

– Solomon Suaire n'est pas digne de confiance.

– Il m'a sauvé la vie la nuit dernière.

Skully tourna vivement la tête vers elle.

– Que s'est-il passé ?

– Euh... Crux s'est introduit chez moi et a tenté de me tuer. J'aurais pu me débrouiller seule. Suaire ne m'a pas *vraiment* sauvé la vie, disons qu'il m'a aidée. Les disciples de China ont quand même installé un périmètre de sécurité autour de Haggard, afin de repérer toute intrusion d'individus dotés de pouvoirs magiques. À part moi, évidemment.

– Très bien, dit Skully en donnant un coup de volant brutal. Il faut que j'aille dire un mot à Suaire.

Valkyrie ne s'était rendue qu'une seule fois au Temple des nécromanciens, pour assister à la fabrication de son anneau dans la forge des ombres. Quand on lui avait parlé du Temple, elle avait imaginé une imposante construction avec des flèches et de hautes fenêtres étroites, d'énormes portes et sans doute quelques tours sombres et inquiétantes. Tous ses espoirs avaient volé en éclats quand Solomon Suaire l'avait conduite dans un vieux cimetière, jusqu'à une crypte entourée de grilles rouillées et envahie de mauvaises herbes et de plantes grimpantes. C'était sous cette crypte que se trouvait le Temple : un labyrinthe glacial et sinistre, inondé de ténèbres.

Et voilà qu'elle se retrouvait devant cette grille rouillée, au côté de Skully. Son cœur battait à tout rompre. Non pas à cause de la peur ou de l'excitation, mais simplement parce qu'elle se trouvait dans un cimetière. Elle sentait sa bague attirer les filaments de mort qui irradiaient dans son corps. Cette pensée lui donnait la nausée, mais la sensation était… électrique.

La porte de la crypte s'ouvrit lentement ; Solomon Suaire leur sourit et dit :

– « Soudain, il se fit un tapotement, comme de quelqu'un frappant doucement, frappant à la porte de ma chambre. »

– Remarquable, commenta Skully sans enthousiasme. Un nécromancien qui cite Edgar Poe.

Le sourire de Suaire s'élargit.

– « Au picotement de mes pouces, je sens qu'un maudit s'avance. »

– Shakespeare est un terrain de chasse fructueux pour tous les esprits qui ont perdu leur équilibre, répondit Skully. Va-t-on passer la journée à étaler notre culture au lieu de discuter ?

– De quel sujet ?

– Valkyrie.

– Je vois. Dans ce cas, entrez.

La porte s'ouvrit plus largement, en grinçant, et ils entrèrent.

– Comment allez-vous, au fait ? J'espère que cette autre dimension n'était pas trop inconfortable.

– Ce n'était pas mal du tout. Cela m'a permis de rattraper mon retard en matière de hurlements.

Ils suivirent Suaire dans l'escalier de pierre qui s'enfonçait au cœur des ténèbres.

– C'est vous que je dois remercier, je crois, d'avoir proposé d'utiliser mon crâne en guise d'Ancre d'Isthme, ajouta Skully. Sans vous, je croupirais encore là-bas.

– Ce n'est rien.

– Soit.

Suaire rit.

Ils avançaient maintenant à travers le labyrinthe obscur, en passant devant des salles creusées dans les parois. Ici ou là, des individus en robe noire levèrent les yeux de leur travail ; la lumière de la lampe captait des éclairs de peau parmi les ombres. Ailleurs, les silhouettes vêtues de noir étaient trop occupées par leur tâche pour tourner la tête. Devant eux, des personnes avançaient rapidement.

– Je perçois une certaine agitation, commenta Skully.

– Rien qui vous concerne, répondit Suaire. Une de nos babioles a disparu. On la cherche. Mais assez parlé de la routine du Temple. Vous êtes ici pour discuter, n'est-ce pas ?

– Valkyrie me dit qu'elle prend des leçons avec vous.

La voix du squelette résonnait dans le silence glacé.

– En effet. Cela vous pose un problème ?

– La nécromancie est une discipline dangereuse. Elle ne convient pas à tout le monde.

– Allons, dit Suaire avec un sourire, aurais-je plus confiance que vous dans les capacités de Valkyrie ?

– Ce n'est pas une question de capacités, rétorqua sèchement Skully. C'est une question d'aptitudes.

Valkyrie intervint :

– Comment ça ?

– Afin que tu prennes une décision en toute connaissance de cause, puis-je croire que Solomon t'a parlé des croyances des nécromanciens ?

Suaire perdit son sourire tout à coup.

– Nos croyances n'appartiennent qu'à nous. Nous ne les évoquons pas avec…

– Avec ? le coupa Skully.

– Les non-croyants.

– Vous pouvez faire une exception pour moi, non ?

Valkyrie s'aperçut que Skully marchait devant maintenant, et qu'ils se dirigeaient vers la source de cette discrète perturbation.

– Quant à Valkyrie, reprit-il, les leçons que vous lui dispensez ne lui donnent-elles pas le droit d'en savoir plus ?

– Valkyrie, dit Suaire, tu peux être considérée comme une de nos initiées, une disciple, et à ce titre, tu apprendras toutes ces choses progressivement, au cours des années à venir.

– Mais vous sauterez les formalités, dit Skully, n'est-ce pas ?

Suaire soupira et continua à s'adresser à la jeune fille :

– La mort fait partie de la vie. Tu l'as sans doute déjà entendu dire. Il s'agit d'un lieu commun destiné à rassurer ceux qui sont affligés ou qui ont peur. Mais en vérité, la vie se déverse dans la mort et la mort retourne dans la vie.

« L'obscurité que nous utilisons dans notre magie est une énergie vivante. Tu l'as sentie, n'est-ce pas ? Elle possède presque une vie propre. Elle *est* la vie et la mort. Ce sont deux choses identiques : un courant de recyclage permanent qui pénètre dans tous les univers.

– Parlez-lui du Pourvoyeur de Mort, dit Skully en regardant autour de lui.

— Le Pourvoyeur de Mort n'a rien à voir avec…

— Vous ne pouvez plus lui cacher ça maintenant. Alors, autant tout lui dire.

Suaire inspira à fond pour se contrôler.

— Nous attendons un nécromancien assez puissant pour briser les murs qui séparent la vie et la mort. Certaines personnes l'ont surnommé le Pourvoyeur de Mort. Nous avons effectué des tests, mené des recherches; nous avons adopté une approche très scientifique. Il ne s'agit pas d'une prophétie. Les prophéties ne veulent rien dire; elles ne sont que des interprétations des possibilités. Or il s'agit d'une réalité inévitable. Nous trouverons quelqu'un d'assez puissant pour abattre le mur, alors l'énergie des morts vivra à nos côtés et nous évoluerons pour aller à sa rencontre.

— Ils appellent ça le Passage, précisa Skully. Ce que Solomon omet de te dire, évidemment, ce sont les noms des rares personnes que les nécromanciens ont désignées comme le Pourvoyeur de Mort par le passé.

— Elle n'a pas besoin de savoir ça, dit Suaire.

La colère enflammait son regard.

— Je pense que si.

— Dites-moi, exigea Valkyrie en s'adressant aux deux.

Suaire parut hésiter.

— La dernière personne que nous avons crue assez puissante pour devenir le Pourvoyeur de Mort nous est apparue durant la guerre. Moins de deux ans après avoir débuté sa formation de nécromancien, Lord Vile était déjà au niveau de n'importe lequel de nos maîtres.

– *Vile ?* s'exclama Valkyrie. *Lord Vile était votre sauveur ?*

– On a cru que ça pourrait être lui, s'empressa de préciser Suaire. Nul n'avait jamais assisté à une pareille ascension. On n'en revenait pas. Un vrai prodige ! Les ténèbres étaient… elles n'étaient pas juste *en* lui. Elles *étaient* lui.

Ils bifurquèrent dans une galerie et la suivirent jusqu'au bout. Mine de rien, Skully montrait le chemin.

– Et puis, il est parti, enchaîna le squelette. Pour rejoindre l'armée de Mevolent. Je parie que ça vous reste encore sur le cœur.

– Et depuis, vous n'avez pas de Pourvoyeur de Mort ? demanda Valkyrie.

– Exact, confirma Suaire. (Il se tourna vers Skully.) C'est pour cette raison que vous êtes ici ? Pour essayer piteusement de me mettre dans l'embarras ?

– Au départ, oui, admit Skully. Mais maintenant, je suis curieux de savoir quelle babiole vous avez égarée. Oh, regardez où nous sommes ! Quelle drôle de coïncidence.

Ils venaient d'arriver devant une petite alcôve dotée d'étagères en bois qui formaient des angles curieux. Les deux nécromanciens qui s'y trouvaient se turent immédiatement. Skully fit un pas pour entrer, mais Suaire le retint par le bras.

– Nous n'avons pas réclamé votre aide, dit-il d'un ton ferme. C'est une affaire de nécromanciens.

– Elle était ici ? demanda le squelette. Votre babiole ? Si vous nous dites ce qui a disparu, je vous dirai qui est le voleur.

Suaire grimaça un sourire.

– Vous avez déjà compris ?

– Je suis détective.

Après un moment de réflexion, Suaire adressa un signe de tête aux deux nécromanciens, qui s'en allèrent. Il recula lorsque Valkyrie rejoignit Skully pour examiner la pièce.

– L'objet en question est une sphère de la taille de votre poing environ, posée sur un support en obsidienne.

– Un Capteur d'Âmes, dit Skully.

– Un des derniers existants, ajouta Suaire.

Valkyrie fronça les sourcils et demanda :

– La fonction de cet objet est contenue dans son nom ? Quel intérêt d'attraper une âme ?

– Le Capteur d'Âmes servait à attraper et à emprisonner une énergie individuelle pour l'empêcher de rejoindre le flot, lui expliqua Suaire. Un châtiment barbare que nous avons interdit depuis longtemps.

« Le dernier inventaire date du mois dernier. Si le Capteur a bel et bien été volé, cela a pu se produire il y a un mois… ou hier. Ce que je ne comprends pas, cependant, c'est comment un voleur, quel qu'il soit, a pu s'aventurer jusqu'ici dans le Temple sans être vu.

– Oh, il s'agit bien d'un vol, dit Skully. Mais le voleur n'est pas entré par la porte.

Valkyrie le regarda.

– Alors, qui a volé le Capteur d'Âmes ?

Skully montra le plafond. Elle claqua des doigts et leva la main. Les flammes qui dansaient dans sa paume éclairèrent une dalle de pierre fendue et effritée, assez large pour laisser passer un homme.

– Sanguin, dit-elle.

Suaire fronça les sourcils.

– Billy-Ray Sanguin ? Que ferait-il d'un Capteur d'Âmes ?

– Ce n'est qu'une supposition, dit Skully, mais peut-être a-t-il l'intention de s'en servir pour capturer une âme.

17
Le mort qui parle

Vaurien Larsouille était mort, tué par Billy-Ray Sanguin.
Du moins, Larsouille en était quasiment certain. Même s'il ne se souvenait pas de tout.
Il se souvenait que Sanguin l'avait pris à part pour lui dire qu'il avait passé quelques coups de fil et interrogé certaines personnes et qu'aucune n'avait pu lui confirmer que Larsouille était un tueur impitoyable au talent inégalé, comme celui-ci l'affirmait. Larsouille avait alors tenté de lui expliquer que, en effet, il n'avait encore tué personne véritablement, mais que ce n'était qu'une question de temps, et si Sanguin et Scarab lui en fournissaient l'occasion, il prouverait qu'il était digne de faire partie de leur projet.
Du moins, c'était ce qu'il avait prévu de dire. Il se souvenait vaguement d'être allé jusqu'à « en effet » et puis... plus rien.
Sanguin l'avait tué.

Il ouvrit les yeux dans un donjon sombre et humide et leva la tête pour voir le visage de son maître.

– Enfin, dit Scarab, et ce fut le plus beau mot que Larsouille ait jamais entendu. Enfin. Voici mon fidèle compagnon qui jamais ne me quittera.

Allongé face à lui, Larsouille sourit.

– Arrête de sourire, ordonna Scarab. Ça te défigure.

– Désolé, Maître, dit Larsouille en se redressant.

Pourquoi appelait-il Scarab « Maître » ? Il l'ignorait, mais cela lui semblait parfaitement normal, alors il continua.

– Que m'est-il arrivé, Maître ?

– Tu es mort, répondit Maître Scarab. Tu nous as menti, Larsouille. Tu n'es pas un tueur. Je l'ai su dès que je t'ai vu.

– Parce que je suis tombé de la chaise ?

– Peu importe la raison. Mais comme tu nous as menti, que tu nous as fait perdre du temps et que tu nous as obligés à revoir une partie de nos plans, nous avons décidé de tirer profit de ta mort. Nous t'avons tué et ressuscité. Sais-tu ce que tu es ?

– Un sacré veinard ?

– Tu es un zombie.

Larsouille s'esclaffa.

– Non, Maître. Pas moi.

Scarab sortit un couteau de sa poche et le planta dans le bras de Larsouille. Celui-ci le regarda d'un air hébété.

– Tu ne ressens aucune douleur, dit Scarab.

– Oh.

— *Ton corps se nourrit de la magie.*
— *Je suis un... je suis un zombie.*
— *Oui.*
— *Je... Suis-je comme ce Fendoir blanc?*
— *J'ai passé deux cents ans en prison. Je ne sais pas de quoi tu parles. Pour être franc, tu es un zombie de base, tout à fait ordinaire. Tu ne fais pas partie de ces zombies qui se guérissent eux-mêmes. Tu es un zombie de deuxième zone. J'ai fait de mon mieux avec mes connaissances.*
— *Oh, je vous en remercie, Maître.*
— *La ferme. Tu sais des choses sur les zombies?*
— *Euh, pas vraiment...*
— *Tu n'as aucun pouvoir magique. Ceux que tu possédais servent désormais à faire bouger ton corps et fonctionner ton cerveau, mais j'imagine que cette tâche ne requiert pas une grande quantité de magie.*
— *Je ne dirais pas ça, Maître.*
— *L'avantage d'être un zombie de base, c'est que tu peux transmettre ton état par une simple morsure. Et donc, je veux que tu ailles recruter.*
— *Recruter?*
— *Une morsure suffit. Les personnes que tu recruteras n'ont pas besoin d'être des sorciers. En fait, il vaudrait mieux qu'elles ne le soient pas. Le truc, c'est que toi seul peux mordre. Tu m'entends? Aucun des autres, je dis bien aucun, ne devra même simplement goûter à la chair humaine.*
— *Pourquoi ça?*

– Parce que je te le dis. Toi seul seras immunisé contre ses effets. Les autres seront alimentés par des résidus de magie, mais ils se décomposeront plus vite que toi. Le problème, c'est qu'ils voudront de la chair humaine. Ils auront besoin de chair humaine. Mais tu dois veiller à ce qu'ils n'en mangent pas.

– Vous pouvez compter sur moi, Maître !

Scarab soupira.

– Vous allez tuer des gens, monsieur Larsouille. Vous allez enfin devenir le tueur que vous avez toujours rêvé d'être. Ne gâchez pas tout, cette fois.

18

Darquesse

Ils quittèrent le cimetière en voiture.
— Du nouveau au sujet de Sanguin ? demanda Skully. A-t-il été repéré quelque part pendant mon absence ?

— Il s'est volatilisé, répondit Valkyrie. On ne savait pas s'il était vivant ou mort. Je l'ai joliment embroché avec l'épée de Tanith, en plein dans le ventre. Je crois qu'une partie de moi-même pensait que je l'avais tué.

— Eh bien, non.

— Je ne sais pas si je dois être déçue ou ravie.

— Réjouis-toi. Tu as grandement le temps de regretter les choses que tu n'as pas encore faites.

— Je... je ne suis pas certaine de comprendre.

— Mets-le dans ta poche, tu réfléchiras plus tard.

— Promis. Merci. Bref, nous n'avons aucun moyen de savoir *quand* Sanguin a volé le Capteur d'Âmes.

— C'est énervant, grommela Skully, mais ce n'est pas notre problème.

Valkyrie fronça les sourcils.

– Hein ?

– Cette affaire ne nous concerne pas. Pourquoi est-ce qu'on se soucierait des actes commis par un individu tel que Sanguin ? J'en ai assez de tous ces gens. J'ai besoin de changement. J'ai besoin d'un nouveau mystère avec de nouveaux acteurs.

– Où on va, alors ?

– Ce gamin pleurnichard nous a dit que les inspecteurs du Sanctuaire s'inquiétaient à cause de la vision d'un de leurs Sensibles. Je trouve ça intrigant, non ?

– Ah bon ?

– Oui. C'est nouveau et excitant. Je me demande s'ils ont vu la fin du monde. J'adore les visions de fin du monde ; elles sont toujours très imagées.

– Moi, je n'aime pas les visions, quelles qu'elles soient.

– Vraiment ?

– Je n'aime pas les choses inévitables.

– Ah, mais les visions de l'avenir ne sont *pas* inévitables. Le fait même qu'une personne ait une vision de ce qui va se passer modifie *automatiquement* ce qui va se passer. Certes, ces changements sont parfois trop infinitésimaux pour qu'on les remarque, je te l'accorde, mais ce sont quand même des changements. À vrai dire, je trouve tout cela absolument fascinant. En réalité, on agit contre le cours naturel des choses. On agit en permanence contre son propre destin.

– C'est une façon de voir.

– C'est la mienne, répondit Skully d'un ton

joyeux. Accorde-moi quelques minutes et j'en aurai une autre.

Malgré l'heure matinale, le salon de tatouage était ouvert. Le léger bourdonnement de l'aiguille du tatoueur les accueillit quand ils franchirent le seuil. Ils montèrent l'escalier étroit, en passant devant toutes les photos de peau décorée.

L'unique client était un gros bonhomme allongé à plat ventre sur une table inclinée. Le tatoueur, un gars décharné au crâne rasé, portant le maillot de l'équipe de foot de Dublin, leva les yeux de son travail et un large sourire fendit son visage.

– Squelettos ! s'exclama-t-il en se précipitant pour serrer la main de Skully. Comment c'est possible ? Aux dernières nouvelles, tu étais prisonnier dans un monde mort gouverné par des supervilains transdimensionnels.

Skully hocha la tête.

– Je viens de rentrer.

– Génial, mec. C'est super. Tu m'as rapporté quelque chose ?

– Genre... un souvenir ?

– Pas forcément un gros truc. Un caillou ou une brindille. Du moment que ça provient de cet univers parallèle. Un machin que je pourrais montrer au gamin quand il sera plus grand. Je lui dirai que c'est un cadeau d'anniversaire de son oncle Skully.

– Désolé, Finbar. Je n'ai rien.

– Bah, tant pis. Je pourrai lui filer n'importe quelle vieille pierre, pas vrai ? Il ne saura pas qu'elle ne vient pas d'un univers parallèle. Il sera tellement heureux. Je l'imagine emportant la pierre à l'école pour la montrer à ses camarades ; il la trimballera partout. J'avais un caillou de compagnie quand j'étais gamin, mais il s'est enfui. Du moins, ma mère m'a raconté qu'il s'était enfui. Je crois plutôt que mon père l'a balancé par la fenêtre un jour. Je suis parti à sa recherche, mais… (La voix de Finbar se brisa.) Ils se ressemblaient tous…

Soudain, il regarda Skully en plissant les yeux.

– Hé, Squelettos ! Tu as une nouvelle tête ?

– Exact, répondit Skully, très fier. Qu'en penses-tu ?

– Oh, j'adore ! Attention, pas de méprise. J'aimais bien l'autre aussi, mais celle-ci, elle est… plus seyante, disons. Les pommettes sont plus hautes.

Skully se tourna vers Valkyrie, en inclinant sa tête plus seyante sur le côté avec un air de suffisance. Elle soupira et désigna le gros homme allongé sur la table.

– On peut parler… affaires devant… ?

– Oh, vous inquiétez pas pour lui, dit Finbar. Il s'est pointé à l'ouverture pour réclamer une panthère rugissante sur l'omoplate. Il s'est évanoui dès que je me suis mis au boulot.

– Une panthère rugissante ?

– Oui.

– Pourquoi tu lui tatoues un chaton, alors ?

Finbar haussa les épaules.

– Je suis plutôt d'humeur chaton, aujourd'hui. Bon, si vous êtes pas venus pour m'apporter un cadeau, qu'est-ce qui vous amène ?

– As-tu eu des visions particulièrement étranges ou dérangeantes dernièrement ? demanda Skully. On a entendu parler de…

– Darquesse, dit aussitôt Finbar.

Valkyrie plissa le front.

– Darkness ? L'obscurité ?

– Darquesse, avec un q et un u qui se prononcent comme un k. Ça provoque une vive agitation dans la communauté des Sensibles, vous pouvez me croire. Et quand autant de médiums font le même rêve, vous savez que ça va forcément sentir le roussi. Personnellement, j'ai des visions super flippantes. Ça me prend aussi bien la nuit que le jour et c'est méga… angoissant. Comme mater un film d'horreur sans paupières. Je peux même pas fermer les yeux.

– Ce Darquesse, c'est qui… ou quoi ? demanda Skully.

– Une sorcière qui détruit le monde, répondit le jeune tatoueur. Je devrais plutôt dire qu'elle le *rase*. J'ai vu des villes totalement détruites, genre explosion atomique. Tout était cramé. Ça me vient sous forme de flashs. Cette femme en noir… Mevolent, c'était rien comparé à cet être malfaisant…

– Sais-tu quand ça doit se produire ? demanda Valkyrie.

– Non, mais Cassandra Pharos a peut-être une idée. Pour une raison quelconque, ses visions sont très saisissantes. Je peux vous conduire chez elle, si vous voulez. Sharon est à sa réunion de secte, avec le gamin. J'ai quelques heures de libres devant moi.

– Sharon appartient à une secte ?

– Oui, un de ces groupes rigolos qui incitent les femmes à sacrifier leur mari à la pleine lune, ou un truc comme ça. À vrai dire, je ne sais pas si c'est une atmosphère qui convient à un gosse, mais tout le monde a besoin d'un hobby, non ?

Ne sachant pas trop quoi répondre, Valkyrie montra de nouveau le gros bonhomme évanoui.

– Et lui ? On peut le laisser ici ?

– Pas de problème, dit Finbar en enfilant sa veste. On prend votre voiture ou la mienne ?

– Tu as une voiture ? s'étonna Skully.

– Non.

– Dans ce cas, on prend la mienne.

– C'est sans doute plus sage. Je crois que j'ai oublié comment on fait pour conduire.

Ils quittèrent la ville et pendant la majeure partie du trajet, Finbar déplora que ses pouvoirs parapsychiques ne lui permettent pas de prédire qui allait remporter le championnat d'Irlande de football gaélique. À quoi bon posséder le don de double vue ?

Ils roulèrent jusqu'à un cottage entouré de champs, de prés et de collines. Une légère migraine comprimait les tempes de Valkyrie, mais elle s'efforçait de l'ignorer.

— Cassandra est une des meilleures Sensibles des environs, dit Finbar, alors qu'ils descendaient de la Bentley. Squelettos la connaît, pas vrai ?

— Exact, confirma Skully.

— C'est une vieille femme charmante, ajouta Finbar en les entraînant vers le cottage. Elle vit au milieu de tout un tas de bidules extravagants qui l'aident dans ses trucs psychiques. Attends un peu de voir les Chuchoteurs de Rêves, Val. On les croirait sortis tout droit de *Blair Witch*.

Valkyrie ignorait ce qu'était *Blair Witch*, mais avant qu'elle puisse poser la question, la porte du cottage s'ouvrit et une femme apparut. Âgée d'une cinquantaine d'années, elle avait de longs cheveux gris qui tombaient sur ses épaules. Elle portait une robe aux couleurs passées et un cardigan léger.

— Cassandra, dit Skully avec un sourire dans la voix, tu as bonne mine.

— Tu es un menteur, répondit Cassandra Pharos, mais je m'en fiche. Ça fait plaisir de te revoir.

— Cassie, dit Finbar, je te présente Valkyrie Caïne.

— Je t'ai vue dans mes rêves, Valkyrie, annonça Cassandra. Mais dans mes rêves, tu es plus âgée. C'est une bonne chose.

— Oh, dit Valkyrie. OK.

Cassandra les fit entrer et referma la porte. C'était un cottage presque ordinaire. Il y avait des tapis, un canapé, un téléviseur, une étagère, une guitare dans un coin et des portes qui donnaient sur d'autres pièces. Mais ce qui le différenciait des autres cottages que connaissait Valkyrie, c'étaient les dizaines de petites figurines en bois suspendues aux poutres.

De la taille de sa main, elles étaient faites de brindilles entourées de rubans noirs. Deux bras, deux jambes, un tronc et une tête. Cassandra surprit son regard.

– Mes capacités sont différentes de celles de Finbar, expliqua-t-elle. Je dois fournir beaucoup plus d'efforts, pour des résultats largement inférieurs. Les visions fugitives de l'avenir peuvent survenir durant la méditation ou surgir dans ma tête sans prévenir ou encore apparaître dans mes rêves. J'ai un tas d'instruments de travail pour m'aider, provenant de toutes les cultures et de tous les pays.

Elle prit une poupée de brindilles sur l'étagère.

– Voici un Chuchoteur de Rêves. Les rêves que tu oublies, qui s'échappent de ton esprit à ton réveil, il les rassemble, il les garde le temps qu'il faut et, le moment venu, il te les raconte. Mais pour entendre ses murmures, il faut le plus grand calme, c'est pour ça que je vis ici, loin de tout.

Valkyrie faisait de son mieux pour paraître intéressée, et non pas angoissée. À entendre Cassandra, cette figurine était vivante.

Elle la tendit à Valkyrie, en souriant.

– Tiens, prends-la. J'ai l'impression que tu fais des rêves intéressants.

Après un moment d'hésitation, Valkyrie la prit.

– Merci. C'est… très joli.

La figurine n'avait ni bouche ni yeux, et pourtant, la jeune fille se sentait observée. Elle esquissa un sourire et la glissa soigneusement dans sa poche.

Cassandra leur fit franchir une porte étroite et ils la suivirent dans la cave. Celle-ci offrait un contraste brutal et désagréable avec l'atmosphère douillette du cottage : c'était une vilaine pièce faite de briques et de ciment, dotée d'un éclairage violent qui réveilla immédiatement la migraine de Valkyrie. Au sol s'étendait une grande grille métallique sous laquelle se trouvaient des morceaux de charbon. De vieux tuyaux rouillés partaient d'une roue peinte en rouge, escaladaient le mur et traversaient le plafond. Des gicleurs dépassaient des tuyaux et pendaient dans le vide à cinquante centimètres sous les lumières. Au centre de la pièce trônait une chaise unique. Un parapluie jaune était posé à côté.

– Voici la Salle de vapeur, expliqua Cassandra en s'asseyant sur la chaise. C'est ici que je peux projeter sous forme d'images ce que je vois. Parfois, c'est flou ; parfois, c'est net. Parfois, il y a du son ; parfois, non. Mais au moins, cela vous donnera une idée de ce qui se trouve dans ma tête. Toutefois, avant de commencer, vous devez bien comprendre une chose. L'avenir que vous allez voir n'est pas figé. Vous pouvez encore le modifier. Tous autant que vous êtes.

Si Cassandra s'adressait à eux trois, Valkyrie sentit, néanmoins, que cette remarque lui était destinée. Et soudain, elle ne fut plus certaine d'avoir envie de voir ce que Cassandra avait à lui montrer.

— Pourquoi n'en avez-vous pas parlé au Sanctuaire ? demanda-t-elle. Finbar et vous êtes sans doute bien meilleurs que tous leurs médiums maison. Votre aide serait la bienvenue.

— Je parle pas au *Boss*, répondit Finbar. Il arrête pas de me brimer.

— De quelle façon ? demanda Valkyrie, surprise.

Finbar hésita.

— En règle générale. Il... il me brime, il m'oppresse.

— Nous n'apprécions pas beaucoup le Sanctuaire, expliqua Cassandra. Une organisation aussi vaste et importante est forcément gangrenée par la corruption. Il faut croire que nous sommes restés des militants, après toutes ces années.

— Au diable le *Boss* ! déclara fièrement Finbar.

— Revenons à nos affaires, dit Cassandra. Skully, si tu veux bien...

Skully regarda Valkyrie.

— Il va peut-être faire un peu chaud.

Il claqua des doigts pour allumer des flammes dans ses deux mains et il lança des boules de feu en direction du sol. Elles tombèrent à travers les trous de la grille et, sur un geste du squelette, les flammes se répandirent pour embraser les boulets de charbon.

Cassandra ferma les yeux et demeura ainsi pendant une minute ou deux. Valkyrie avait envie de lui demander la permission d'ouvrir la porte en haut de l'escalier pour laisser entrer un peu d'air car Skully n'avait pas menti : la chaleur devenait insoutenable.

Sans ouvrir les yeux, Cassandra se baissa pour prendre le parapluie. Elle l'ouvrit et l'appuya contre son épaule, au-dessus de sa tête.

– Je suis prête.

Finbar tourna la petite vanne rouge sur le mur. Valkyrie entendit l'eau glouglouter dans les tuyaux. Elle recula lorsque quelques gouttes tombèrent des gicleurs, mais Skully la fit carrément reculer de trois pas au moment où les jets jaillissaient. Elle se colla au mur. Les gouttelettes n'atteignaient que ses bottes. L'eau qui passait à travers la grille faisait grésiller les braises et un nuage de vapeur commença à s'élever.

Assise au centre de la pièce, sous son parapluie jaune qui faisait de son mieux pour la maintenir au sec, Cassandra finit par disparaître dans la vapeur épaisse comme une purée de pois. Valkyrie sentait le sang cogner dans sa tête.

Elle entendit Finbar actionner de nouveau la vanne, bien qu'elle ne puisse pas le voir, et les jets d'eau s'arrêtèrent. La vapeur, elle, demeura.

Quelqu'un passa devant elle. Instinctivement, Valkyrie tendit la main et la retira aussitôt. Il y avait une autre silhouette dans son dos et du mouvement sur sa droite. Ils n'étaient pas seuls.

Lorsqu'une présence approcha sur le côté, elle pivota et décocha un direct. Skully bloqua son poing de sa main gantée.

– Tu ne cours aucun danger, dit-il.
– Il y a des gens avec nous, murmura-t-elle.
– Regarde.

Il l'entraîna vers le centre de la pièce.

Valkyrie tourna la tête au moment où une silhouette fonçait vers elle au milieu du nuage de vapeur. Elle recula pour esquiver l'attaque, mais l'eau avait rendu la grille glissante et ses bottes dérapèrent. Elle trébucha, alors que Hideous Quatépingles poursuivait sa course, avant que son corps se disloque devant ses yeux.

Valkyrie se tourna vers Skully. Il restait d'un calme olympien.

– Dis-toi que c'est un hologramme projeté sur le nuage de vapeur, lui glissa-t-il. Rien de tout cela n'est réel.

Des bâtiments venaient d'apparaître, de chaque côté, et une route s'étendait à leurs pieds. Elle était lézardée et les bâtiments tombaient en ruine. Dans cette ville morte, ou à l'agonie, Valkyrie entendait des cris étouffés. Une silhouette approchait à grands pas dans la rue brumeuse, un revolver à la main. Skully. Son costume noir était déchiré.

Le vrai Skully hocha la tête.

– Au moins, j'ai toujours fière allure…

Son image disparut. Remplacée par des bruits. Quelqu'un hurla au loin, un coup de feu claqua. Quelque part, au fond de la pièce, une lumière vive apparut, comme si on avait jeté une boule de feu. Les bruits venaient de partout : des côtés et d'en dessous, de derrière et d'en haut. Des bruits de bataille.

Ils distinguaient des silhouettes sombres tout autour de la pièce désormais ; elles se battaient, couraient et bondissaient. Certaines maniaient des armes et Valkyrie reconnut les silhouettes des Fendoirs.

Devant elle, dans la vapeur, une ombre les repoussait comme de vulgaires moustiques.

Valkyrie recula jusqu'à ce qu'elle se retrouve aux côtés de Skully.

– Qu'est-ce que nous sommes en train de voir ? demanda-t-elle.

– L'avenir.

Les images se dissipèrent et un nouveau personnage se matérialisa. Valkyrie se découvrit alors, avec quelques années de plus.

La Valkyrie qui émergea du brouillard épais était plus grande ; ses bras nus étaient secs et musclés, comme ceux de Tanith. Un tatouage virevoltait de son épaule à son coude gauches, et elle portait un gantelet de métal noir à la main droite. Son pantalon de la même couleur moulait ses cuisses puissantes. Ses bottes étaient éraflées et tachées de sang.

– J'ai déjà vu ça, déclara la Valkyrie dans la vapeur.

(Ses cheveux noirs fouettaient son visage.) Je me trouvais...

Elle tourna la tête pour regarder l'endroit où se tenait l'autre Valkyrie.

– ... là.

Valkyrie était pétrifiée.

– C'est ici que ça se passe, reprit son double plus âgé, d'une voix empreinte de tristesse.

– Stéphanie !

Au loin, deux personnes se précipitaient vers elle. La plus âgée des Valkyrie secoua lentement la tête.

– Je vous en supplie, ne m'obligez pas à revoir cette scène.

Comme si sa prière avait été exaucée, la Valkyrie du futur disparut, alors que les deux personnes se rapprochaient. Le cœur de Valkyrie se serra. Desmond et Melissa Edgley traversèrent le nuage de vapeur.

Skully la plaqua contre le mur.

– Ça ne s'est pas encore produit, lui rappela-t-il.

Ses parents s'arrêtèrent pour regarder autour d'eux, et la silhouette sombre que Valkyrie avait entrevue précédemment apparut derrière eux.

– Non ! hurla Valkyrie.

Skully la tint fermement pendant que ses parents se retournaient.

– Darquesse, chuchota Finbar.

L'ombre nommée Darquesse leva le bras. Aussitôt, des flammes noires enveloppèrent les images brumeuses des époux Edgley et les transformèrent en cendres avant même qu'ils puissent hurler de douleur.

Valkyrie sentit son sang se glacer quand un nouveau tourbillon de vapeur emporta cette image. Les bruits s'atténuèrent et la vapeur s'effilocha. En baissant les yeux, Valkyrie découvrit une ville sous elle.

Frappée par une vague de vertige, elle chancela ; elle se tenait dans le vide, à des kilomètres du sol, mais sous la ville, elle entrapercevait la grille de la Salle de Vapeur. Elle inspira à fond et s'interdit de vomir. Ils se trouvaient toujours dans la même pièce. Ils n'avaient pas bougé. Ils n'étaient pas debout dans le vide.

L'obscurité se répandait sur la ville et engloutissait la campagne environnante, comme si l'herbe et les arbres agonisaient, comme si toute forme de vie était étouffée par un raz-de-marée que rien ne pouvait arrêter. En l'espace de quelques secondes, le paysage qui s'étendait sous eux était mort.

La ville disparut alors et ils se retrouvèrent dans la salle ; la vapeur se dissipait rapidement. Valkyrie s'aperçut que ses cheveux étaient plaqués sur son crâne par la sueur.

Cassandra s'avança en secouant le parapluie jaune.

– Voilà l'avenir tel que je le vois. Mais il peut être modifié. Viens. Un verre d'eau te fera du bien, je crois.

Ils la suivirent dans l'escalier. Finbar, qui n'avait pas dit un mot depuis plusieurs minutes, s'éclipsa dans la pièce voisine. Pendant que Cassandra se rendait dans la cuisine, Valkyrie se tourna vers Skully. La migraine martelait l'intérieur de son crâne. Le simple fait de bouger les yeux était douloureux.

— Mes parents étaient là, murmura-t-elle.

— On peut changer ça.

— Mes *parents*, Skully, dit-elle d'une voix tremblante.

Il posa la main sur son épaule et dit, d'un ton apaisant :

— Tu les sauveras.

— Vous avez vu la même chose que moi. Je les ai laissés mourir.

— Non. *Elle* les a laissés mourir. Pas toi.

— Elle est moi.

— Pas encore.

— C'est inutile. Elle a vu ce qu'elle a vu ; elle savait ce qui allait se passer et elle est restée là sans rien faire. Elle a laissé Darquesse les tuer. Voilà ce qui va se passer.

— Non, Valkyrie. Tu trouveras un moyen de les sauver. J'ai confiance.

— J'ai mal à la tête.

Cassandra revint et tendit à Valkyrie un verre d'eau, dont elle ne but qu'une gorgée, et une feuille pliée, comme celles qu'utilisait Tapalœil pour soulager les migraines.

— Je ne peux qu'imaginer combien ce spectacle a été pénible pour toi, dit la médium. Mais il ne s'agit pas uniquement de toi, ou de tes parents. Il s'agit de tout.

– La fin du monde, ajouta Finbar en les rejoignant. (Il paraissait fatigué.) C'est le passage qui m'est apparu dans ma vision : l'obscurité qui se répand sur la planète. Je n'avais pas vu le reste.

Il se tourna vers Valkyrie.

– Je ne t'avais pas vue avec tes parents. Désolé.

– Nous ne sommes pas encore morts, déclara Skully. Enfin... Moi, si, mais vous autres, il vous reste un bout de chemin à faire.

Cassandra reprit la parole :

– Vous savez aussi bien que n'importe qui que les visions de l'avenir sont sujettes aux changements et aux interprétations.

Skully se tourna vers elle.

– As-tu une idée du délai ? Sais-tu quand tout cela est censé se produire ?

– Je l'ignore. Valkyrie semblait avoir trois ou quatre ans de plus, mais on ne peut pas être sûrs. Une seule chose ne fait aucun doute : Darquesse arrive, et elle vient pour nous tuer. Tous.

Skully mit son chapeau et l'enfonça sur ses orbites.

– Sauf si on la tue avant.

19
Un nouvel animal de compagnie

Valkyrie devait rentrer chez elle. À l'instant où ils quittèrent le cottage de Cassandra, elle sut qu'elle devait rentrer pour voir ses parents, s'assurer qu'ils allaient bien. Elle faisait un terrible effort pour ne pas montrer à Skully combien elle souffrait, combien elle avait envie de pleurer. Durant le trajet qui les ramenait à Haggard, elle ouvrit à peine la bouche.

Elle appela son reflet sur son téléphone et convint de le retrouver alors qu'il revenait de l'école. Il monta à l'arrière de la Bentley sans poser de questions. Ils s'arrêtèrent quelques kilomètres plus loin et Skully descendit de voiture pendant que Valkyrie et son reflet échangeaient leurs vêtements. Dix minutes plus tard, ils arrivèrent à Haggard. Le reflet courut se cacher dans les buissons alors que Valkyrie marchait vers la porte de la maison. Ça lui faisait tout drôle de ne pas entrer par la fenêtre de sa chambre.

– Maman ! lança-t-elle en posant son cartable dans le vestibule. Je suis là !

Pendant trois interminables secondes, seul un effroyable silence lui répondit, puis sa mère apparut sur le seuil de la cuisine. Souriante. Vivante.

– Alors, cette journée d'école ? demanda-t-elle.

Valkyrie se précipita pour la serrer dans ses bras.

– À ce point-là ? dit sa mère en riant.

Valkyrie rit à son tour, en espérant être convaincante. Elle s'obligea à desserrer son étreinte et se dirigea aussitôt vers le réfrigérateur pour masquer les larmes qui menaçaient de rouler sur ses joues.

– Rien à signaler, dit-elle d'un ton aussi enjoué que possible. Comme d'habitude. Il ne se passe jamais rien d'intéressant à l'école.

Elle ouvrit le réfrigérateur, inspira à fond et, quand elle se fut ressaisie, elle referma la porte et se retourna.

– Et toi, ta journée ?

– Pleine d'aventures et de drames, répondit sa mère. Je viens juste de rentrer. J'attends ton père d'une minute à l'autre.

– Déjà ? Il ne finit jamais aussi tôt.

Au moment où sa mère haussait les épaules, elles entendirent la porte s'ouvrir.

– Elle est rentrée ? s'exclama le père de Valkyrie dans le vestibule, en trébuchant sur quelque chose, sans doute le cartable. Ah, oui, elle est rentrée, grogna-t-il.

Il pénétra dans la cuisine et Valkyrie l'étreignit, lui aussi.

– Tu lui as dit ? demanda-t-il.

– Pas encore, répondit sa mère. Elle est d'humeur câline.

Valkyrie se détacha de son père.

– Qu'est-ce qu'elle doit me dire ?

Son père la toisa.

– Tu sais que tu grandis de jour en jour, ma chérie ?

Elle s'obligea à conserver son sourire. Soudain, elle n'avait plus envie de grandir. Elle n'avait plus envie de vieillir. Être plus grande, plus âgée, plus forte, cela voulait dire se rapprocher du jour où Darquesse viendrait les chercher. Alors non, elle voulait garder la même taille et le même âge pour toujours.

– On a une nouvelle à t'annoncer, déclara sa mère en prenant son mari par la taille.

Valkyrie fronça les sourcils.

– Ah bon ?

– On a décidé de prendre un animal de compagnie, dit son père.

Valkyrie éclata de rire, et cette fois, c'était un rire spontané, authentique. Après tout ce qu'elle avait dû affronter au cours de ces derniers mois, l'arrivée d'une chose aussi magnifiquement normale et amusante qu'un animal familier lui procurait une sensation de réconfort infini. En outre, elle avait toujours voulu avoir un animal.

– On peut prendre un chien ? demanda-t-elle. Mais

pas un petit roquet insupportable qui aboie en permanence. Hannah Fowley a un chien nu chinois ; on dirait le petit bonhomme suspendu au plafond de Jabba le Hutt. Je ne veux pas ce genre de chien, j'aurais trop honte de le promener.

Son père fronça les sourcils.

— Tu as vu *La Guerre des étoiles* ? Quand ça ? Ça fait des *années* que j'essaye de te convaincre de regarder ce film !

Valkyrie hésita. Tanith l'avait obligée à regarder toute la saga au cours d'un week-end. En guise d'expérience éducative.

— J'aime beaucoup les sabres laser.

— On ne prendra pas de chien, déclara sa mère pour ramener la discussion à son point de départ.

— Je ne veux pas de chat, dit Valkyrie. Ils sont juste bons à comploter contre leur maître et à se multiplier comme des Gremlins.

— On n'aura pas de chat, non plus.

— On peut prendre un serpent, alors ?

— Non.

— S'il vous plaît ! Je le garderai dans ma chambre, je le nourrirai avec des souris, et je ne le tuerai pas.

— Ni serpent, ni hamster, ni rat, ni cochon d'Inde.

Valkyrie sourit, pleine d'espoir.

— Un cheval ?

— Pourquoi pas quelque chose de plus petit ? suggéra son père. Genre... je ne sais pas... un frère ou une sœur ?

Valkyrie les regarda l'un et l'autre.
- Hein ?
Le sourire de sa mère s'élargit.
- Je suis enceinte, ma chérie.

Il lui fallut un moment pour comprendre et, une fois ce moment passé, Valkyrie se surprit à bondir à travers la pièce et à étreindre sa mère en hurlant « Oh, c'est pas vrai ! », encore et encore. Soudain, elle songea qu'elle risquait de faire du mal au bébé, alors elle recula vivement et sauta sur son père pour le serrer dans ses bras. Il éclata de rire.

Plus tard, dans sa chambre, elle eut les larmes aux yeux en songeant au danger qui menaçait cet enfant.

20
La horde de zombies

Pour devenir un zombie, il faut subir un processus très particulier. Larsouille en fut exempté car il avait été ressuscité par la magie, mais après quelques épreuves et autant d'erreurs, il finit par comprendre ce que ce processus impliquait. La personne qu'il recrutait devait avoir été mordue quand elle était encore vivante, afin que l'infection ait le temps de se répandre dans tout l'organisme. Au début, Larsouille hésitait à mordre ; il s'inquiétait de l'impression produite. Il avait projeté, initialement, de s'attaquer uniquement à de jolies femmes, mais il s'aperçut très vite qu'il perdrait du temps.

Son premier recrutement réussi eut lieu à Phoenix Park. La recrue était un homme d'un certain âge parti se promener. Larsouille avait attendu qu'il n'y ait plus personne dans les parages pour sortir furtivement de sa cachette. Il bondit sur sa victime et l'entraîna dans les fourrés, où il la mordit. L'homme tenta de se débattre, mais l'infection se propageait à une vitesse stupéfiante et moins d'une minute plus tard, il était mort. Cependant, au bout d'un moment, ses yeux se rouvrirent et il regarda Larsouille.

– Je suis au ciel ? demanda-t-il.

– Ne dites pas de bêtises.

– Pardon, dit l'homme et il se releva.

Larsouille observa sa première recrue, un spécimen plutôt misérable, il faut l'avouer, qui semblait afficher en permanence un air hébété.

– Comment vous vous appelez ? lui demanda-t-il.

– Gerald.

Larsouille réfléchit. Gerald le zombie, ça ne sonnait pas de manière assez effrayante.

– Je t'appellerai Cogneur.

Cogneur le regarda en clignant des paupières.

– Ah, fit-il.

Larsouille hocha la tête. Cogneur, c'était un bon nom. Cogneur serait son bras droit dans la nouvelle armée de zombies qu'il formait pour son Maître.

– Viens avec moi, Cogneur, dit-il en montrant le chemin.

Oui, aucun doute, ça sonnait bien.

Cet après-midi-là, il trouva d'autres recrues. Rien que dans Phoenix Park, il recruta Tailladeur, Écraseur, Fracasseur et Tabasseur. Ils montèrent tous dans la camionnette d'Écraseur et Larsouille recruta ensuite Découpeur, Désosseur, Naufrageur et Ébouillanteur. Ce dernier marqua la fin de sa stratégie des nouveaux noms, et à partir de là, il se contenta de les appeler Zombie Un, Zombie

Deux, etc. Il avait des choses plus importantes à faire que de donner des noms débiles à ses zombies.

Il les ramena au château de son Maître et un premier problème se posa immédiatement : aucun des zombies ne semblait respecter l'autorité de Cogneur. Mais il était trop tard pour le rétrograder ; un tel geste serait perçu comme une marque de faiblesse. Les recrues devaient voir en Larsouille un personnage infaillible, une sorte de gourou ou de politicien. Il ne pouvait reconnaître qu'il avait commis une erreur en faisant de Cogneur son second ; alors il espérait que la tête de celui-ci roulerait bientôt par terre ou quelque chose dans ce goût-là.

Deuxième problème : Larsouille commençait à sentir mauvais, mais il était convaincu que les nouveaux plans qu'il avait mis en branle remédieraient à ce désagrément. Peut-être qu'il existait une crème exprès. En attendant, il avait pris l'habitude de porter des désodorisants pour voiture autour du cou, sous sa chemise.

Larsouille marchait dans les couloirs de pierre du château, en direction de la pièce qui abritait son armée de zombies. Il plaqua sur son visage un masque féroce, ouvrit la porte et entra.

Ils bavardaient, racontaient des blagues et riaient. Cogneur se tenait sur le côté ; il essayait de rire avec les autres, mais il parut heureux de voir arriver Larsouille. Il marcha vers lui et se mit au garde-à-vous.

– Bonsoir, commandant ! (Imbécile.) Nous sommes tous là, commandant !

– Évidemment, répondit Larsouille, agacé.

– Un des hommes s'inquiétait au sujet des repas, commandant.

Larsouille nota mentalement qu'il ne devait plus comparer ses zombies à une armée. Cogneur s'exaltait et ce terme n'avait rien d'effrayant. « Horde », ce serait mieux. Sa horde de zombies. Oui, beaucoup mieux.

– Quoi, les repas ? grommela-t-il.

– Il se demandait ce qu'on allait manger, commandant.

– On ne mange rien. C'est la magie qui nous alimente. On n'a pas besoin de nourriture.

– Je vais en informer les hommes, commandant !

Cogneur pivota sur ses talons et fit face aux zombies.

– Votre attention, je vous prie !

Un zombie placé au fond lança :

– Va au diable, Gerald !

Cogneur semblait au bord des larmes. Larsouille commençait à regretter sérieusement sa méthode de recrutement.

– On ne mange rien, annonça Cogneur en essayant de faire bonne figure, alors que sa lèvre inférieure tremblait.

Les zombies interrompirent leurs discussions et se tournèrent vers Larsouille.

– On ne mange pas ? demanda Tailladeur. Rien du tout ?

– Pas même des cerveaux ? demanda Zombie Onze.

– Rien ! dit Larsouille. Vous ne devez rien manger, en aucun cas ! Pas même une petite bouchée de quoi que ce soit. C'est bien compris ?

Les zombies hochèrent la tête d'un air morose et Larsouille se dirigea vers la sortie. Avant même qu'il ait atteint la porte, ils avaient commencé à se chamailler pour savoir ce qui avait meilleur goût : la cervelle ou la chair. Lui qui avait espéré des créatures décérébrées avec la bave aux lèvres. Ses zombies ne faisaient absolument pas peur. Ils se chamaillaient comme des gamins ! Il quitta la pièce précipitamment, en prenant soin de fermer la porte pour que les échos de la dispute ne parviennent pas aux oreilles de son Maître. Il rebroussa chemin à grands pas en s'efforçant de ne pas céder à la panique.

Il ne voulait pas décevoir son maître. Il était tellement impatient de lui présenter sa horde de zombies et d'obtenir enfin la reconnaissance qu'il cherchait, les louanges dont il rêvait. Voire un geste affectueux. Mais tout cela n'arriverait pas. D'un simple coup d'œil, son Maître comprendrait qu'il avait devant lui une belle bande de minables, et que Larsouille lui-même représentait une déception grotesque.

En atteignant la petite pièce qui abritait ses quartiers, Larsouille entendit le faible bourdonnement électrique. Il entra rapidement et referma derrière lui la porte en bois pourri. Le seul avantage de ces nouvelles recrues, c'était qu'on pouvait encore se servir de leurs cartes de crédit, et Larsouille avait ordonné à Cogneur de lui acheter un endroit pour se reposer.

« Comme un cercueil ? » avait demandé Cogneur, les yeux écarquillés, avec son air idiot. Larsouille l'avait frappé et lui avait interdit de poser des questions insolentes ;

qu'il se contente de faire ce qu'on lui demandait. Cogneur avait détalé, au bord des larmes une fois de plus. Mais à la réflexion, Larsouille aimait bien l'idée du cercueil. C'était très astucieux, il fallait le reconnaître. Il n'en avait pas parlé à son maître, et il s'en voulait terriblement, mais il en avait besoin. Il ne voulait pas que son corps se disloque, et tant qu'il n'aurait pas trouvé un moyen d'arrêter la décomposition, ce congélateur géant ferait l'affaire.

Larsouille souleva la porte et grimpa à l'intérieur. Il devait se rouler en boule pour tenir mais, à part ça, c'était plutôt confortable. Quand il referma la porte, l'obscurité l'engloutit. Réconforté par les ténèbres et le bourdonnement régulier, il repensa à toutes les façons dont il pourrait tuer la fille.

21
Le raid

– J'ai toujours pensé, dit Skully en conduisant, que Skully ferait un excellent nom pour un bébé.
– Humm, fit Valkyrie. Je transmettrai votre suggestion. Mais si c'est une fille ?
– Skully.
– Garçon ou fille, peu importe ?
– Oui.
– À vrai dire, je doute que mes parents soient très emballés. Si c'est une fille, ils choisiront peut-être Stephanie Numéro Deux car ils ne me reverront probablement plus jamais.
– Quelle pessimiste tu fais !
– Je vous signale que nous nous apprêtons à pénétrer dans le Sanctuaire, où tout le monde veut m'arrêter.
– Tu as enfreint la loi.
– Pour vous sauver !
Il haussa les épaules.

– J'étais heureux là où j'étais.
– Ne m'adressez plus la parole.
– Je ne t'ai pas encore remerciée comme il convient de m'avoir sauvé, hein ?
– Non.
– Je le ferai.

Ils se garèrent à proximité du musée de Cire.

– Ils ne t'arrêteront pas, déclara Skully alors qu'ils franchissaient les portes. Il se peut qu'ils te fassent les gros yeux et te disent des choses désagréables, mais ils ne t'arrêteront pas. En fait, si, il se peut qu'ils t'arrêtent. C'est même fort probable. Mais le plus important, c'est que je n'ai rien fait de mal, moi.

– Pour une fois.

Skully ouvrit la voie dans l'obscurité. Valkyrie le suivit en fronçant les sourcils. Son anneau de nécromancien était froid. Le squelette murmura quelque chose et sortit son arme. La porte du Sanctuaire était ouverte et la statue de Phil Lynott couchée par terre, inerte. Il ne leva pas les yeux quand ils passèrent à sa hauteur. Skully descendit l'escalier en premier, suivi de près par Valkyrie. Il y avait des traînées de sang sur le mur.

Ils pénétrèrent dans le hall. Des Fendoirs jonchaient le sol, morts. Impossible de dire combien. Ils avaient été démantibulés.

Skully montra la porte ouverte devant eux. Ils s'en approchèrent à pas feutrés. Un sorcier était recroquevillé juste derrière, avec un trou béant dans la poitrine. Ils avancèrent en se plaquant contre le mur. Il régnait dans tout le Sanctuaire un calme irréel et inquiétant.

Un vampire mort gisait au coin. Son corps d'une blancheur d'os avait presque été coupé en deux par la faux d'un Fendoir. Valkyrie n'avait jamais eu l'occasion d'étudier un de ces spécimens de près, sans être obligée de défendre sa peau en même temps. Celui-ci était un mâle, chauve ; sa grande bouche ouverte laissait voir une langue pointue qui pendait sur ses dents irrégulières. Ses yeux noirs regardaient fixement le plafond, sans le voir.

Ils continuèrent à avancer et découvrirent un autre vampire, décapité celui-ci. À ses côtés était étendu un sorcier avec lequel Valkyrie avait déjà eu l'occasion de bavarder. Son visage avait été lacéré par un coup de griffes du vampire. Lui aussi était mort.

Skully lui montra un couloir contigu qui menait aux cellules. Valkyrie hocha la tête et ils changèrent d'itinéraire. Elle avait la bouche sèche. Chaque nouveau couloir recélait son lot de cadavres. Apparemment, une armée de vampires était passée par là. Et autant qu'ils puissent en juger, cette armée était *toujours* là.

Au moment où ils franchissaient un coude, Davina Marr se retourna brusquement vers eux, les yeux exorbités. Skully agita le bras et l'arme qu'elle tenait dans la main lui échappa. Il repoussa l'air. L'inspectrice du Sanctuaire fut arrachée du sol et projetée contre le mur. Skully garda le bras tendu, doigts écartés, pour l'immobiliser.

– Que s'est-il passé ? murmura-t-il.

Marr ouvrit la bouche pour hurler, mais Skully balança sa main sur le côté, comme on donne une gifle. Marr alla heurter le mur opposé et s'écroula, inconsciente.

Valkyrie résista à l'envie de lui décocher un coup de pied en passant et ils continuèrent en direction des cellules. Skully fit le guet pendant que la jeune fille libérait Hideous et Tanith. Celle-ci se déplaça furtivement pour étreindre Skully et Hideous lui serra la main.

– Content de te revoir, chuchota-t-il. Mais que se passe-t-il ?

– Les vampires.

– Quoi ?

– On ignore combien il en reste, alors dépêchez-vous et ne faites pas de bruit.

Ils rebroussèrent chemin prestement, puis bifurquèrent à droite. Tanith ramassa la faux d'un Fendoir qui traînait par terre. Ils franchirent plusieurs portes ouvertes pour pénétrer dans le Dépôt, la porte fermée des Geôles et tournèrent à gauche. Dans le couloir qui s'étendait devant eux, Thurid Guild était appuyé contre un mur. Il tenait son bras, visiblement cassé. Du sang coulait d'une entaille au-dessus de son œil.

En les voyant, il secoua vigoureusement la tête. Puis se figea. Ses yeux se braquèrent vers la gauche.

Un vampire venait d'apparaître, la bouche maculée de sang qui n'était pas le sien. Il approcha de Guild qui recula. Il le renifla et grogna. Guild leva la main pour repousser l'air. Le vampire fit un large geste, presque paresseusement, et les doigts du Grand Mage tombèrent sur le sol. Il hurla. Le vampire attaqua. Skully siffla entre ses dents.

La créature sanguinaire tourna la tête. Ses yeux noirs s'écarquillèrent quand il découvrit toute cette viande fraîche. Il en oublia Guild pour foncer sur le groupe.

Valkyrie, Skully et Hideous firent pression sur l'air. Le vampire heurta un mur invisible. Il essaya de mordre et de griffer en rugissant, mais il n'y avait aucun espace pour passer. Quand Skully tendit son autre main, Valkyrie sentit un déplacement d'air et un deuxième mur invisible se dressa derrière le vampire. Skully ferma le poing, délicatement, pour l'emprisonner. Le vampire décolla du sol en se tortillant et en agitant les bras, sans parvenir à se libérer.

— Restez ici, murmura Skully.

Il lança son revolver à Hideous avant de repartir vers les cellules, en emmenant le vampire.

Les autres rejoignirent Guild. Tanith l'aida à se relever. Il transpirait et claquait des dents. Valkyrie savait reconnaître les signes indiquant un état de choc.

— Ramasse ses doigts ! lui ordonna Tanith, alors qu'elle entraînait le Grand Mage clopinant dans le couloir.

Hideous ouvrait la voie.

Valkyrie blêmit. Elle s'efforça de refouler des haut-le-cœur pour récupérer les trois doigts cireux par terre puis, en les tenant éloignés le plus possible, elle suivit les autres. Dans sa précipitation, elle en fit tomber un et marcha dessus.

– Zut !

– Qu'est-ce qui se passe ? demanda Guild, trop faible pour se retourner. Que fait-elle ?

Tanith jeta un coup d'œil en arrière et elle vit Valkyrie sauter à cloche-pied pour essayer de déloger le doigt coincé dans les rainures de la semelle de sa botte.

– Rien, répondit-elle en jetant un regard noir à la jeune fille.

Ayant récupéré tous les doigts, Valkyrie s'empressa de rejoindre ses compagnons.

Les Fendoirs effectuaient leur troisième inspection du Sanctuaire quand les doigts de Guild furent recollés à sa main. Le bilan définitif était de quatorze vampires morts, plus un autre en cellule, et de dix-sept victimes du côté des sorciers. En outre, neuf Fendoirs avaient trouvé la mort. Les blessés furent placés en quarantaine pendant que les médecins du Sanctuaire s'affairaient pour évacuer de leur organisme les infections provoquées par les morsures des vampires. Trois d'entre eux décédèrent sur la table d'opération, en présence de Valkyrie.

Contre l'avis du médecin, Guild quitta le service médical dès qu'il en fut capable. Il avait le bras en écharpe et sa main mutilée était enveloppée d'un gant conçu pour accélérer le processus de cicatrisation.

– C'est Dusk, dit-il alors qu'ils parcouraient les couloirs maculés de sang. On le croyait toujours emprisonné en Russie. Ils n'ont pas pris la peine de nous annoncer qu'il s'était échappé il y a quinze jours. Apparemment, Billy-Ray Sanguin a pénétré dans sa cellule en creusant un tunnel et ils se sont enfuis en jouant des poings. Ça aussi, les Russes ont « oublié » de nous le dire.

– Autrement dit, Sanguin et Dusk font équipe, conclut Skully. Mais pourquoi ? Que s'est-il passé ici ?

– Dusk a installé des explosifs sur la porte et il est entré avec tous ces vampires. Je n'en avais jamais vu autant. Ils ont déferlé comme une vague et nous ont tous engloutis. Il en arrivait sans cesse.

– Dusk ne s'était pas débarrassé de sa peau ? demanda Skully.

Guild secoua la tête.

– Il avait gardé son apparence humaine. Pendant que les vampires se jetaient sur nous, il a bifurqué vers l'aile nord, pour atteindre le Dépôt. J'ai des agents là-bas qui tentent actuellement de déterminer ce qu'il cherchait.

Un juron leur fit tourner la tête vers Davina Marr qui pointait son arme sur eux, une étincelle de fureur dans le regard.

– Écartez-vous du Grand Mage ! ordonna-t-elle.

Guild secoua la tête.

– Posez cette arme, détective.

– Ces gens sont des fugitifs, monsieur ! Fourbery et Caïne étaient de mèche avec les vampires ! Ils m'ont attaquée !

– Ils n'étaient pas de mèche avec les vampires, dit Guild. Et même si ça me fend le cœur de l'admettre, ils m'ont sauvé la vie. Ils sont libres, détective Marr. Posez votre arme. C'est un ordre.

Marr grimaça et obéit.

– La Machine de Dévastation, murmura-t-elle.

– Pardon ?

– Dusk a emporté la Machine de Dévastation. Nous sommes en train d'effectuer une recherche visuelle, mais apparemment, c'est la seule chose qui a disparu.

– C'est quoi, cette machine ? demanda Valkyrie.

– En gros, c'est une bombe, répondit Hideous. Elle efface tout ce qui se trouve dans son champ d'action ; il ne reste plus rien ensuite. De nos jours, on appellerait ça une « arme de destruction massive ».

– Elle n'a servi qu'une seule fois, ajouta Tanith. Quand était-ce, déjà ? En 1498 ? À la périphérie de Naples. Tous les êtres vivants, les bâtiments, les arbres, les pierres… ont été détruits.

Valkyrie fronça les sourcils.

– Que faisait une bombe dans le Dépôt ?

– Excellente question.

— Elle a été désamorcée, précisa Guild. Elle ne peut plus être activée. On la conservait ici car elle est unique en son genre. Bref, celui qui possède la Machine ne peut pas s'en servir.

— Vous en êtes sûr ? demanda Skully.

— Absolument. Ce n'est plus qu'un presse-papiers maintenant.

— Peut-être, mais Dusk ne s'en est pas emparé sans raison.

— Dans ce cas, récupérez-la, dit Guild. Faites le nécessaire pour retrouver ces misérables et arrêtez-les. Nous mettons toutes nos ressources à votre disposition le temps de l'enquête.

Il soupira et ajouta :

— Fourbery, je ne vous aime pas, et l'idée que vous alliez passer le restant de votre existence dans un monde rempli de Sans-Visage m'a réchauffé le cœur au cours de ces derniers mois. Ma femme me faisait justement remarquer l'autre jour que j'étais tout guilleret. Parce que je pensais être débarrassé de vous pour toujours.

— Vous aussi vous m'avez manqué, Thurid.

— Mais il est temps de mettre de côté la haine que vous m'inspirez. Nous venons d'assister à un massacre, et nous devons punir les responsables.

— Autrement dit, vous voulez vous venger, dit Skully.

— Un châtiment s'impose.

Le squelette l'observa et hocha la tête. Valkyrie et

les autres lui emboîtèrent le pas quand il s'en alla. Marr les suivit de son regard furieux. De toute évidence, elle allait avoir une discussion enflammée avec son chef.

Skully s'adressa à Hideous et à Tanith alors qu'ils atteignaient le Foyer et gravissaient l'escalier :

– Je ne vous dirai que le strict minimum concernant mes activités au cours de ces onze derniers mois. Alors, n'essayez pas de me tirer les vers du nez.

– Ça me va, répondit Hideous.

– Dommage, je me serais bien fait chatouiller les narines, grommela Skully.

Après avoir traversé le musée de Cire, ils débouchèrent dans l'air frais de la nuit pour découvrir Fletcher planté à côté de la Bentley. Bras croisés.

– Vous m'abandonnez ? lança-t-il d'un ton acerbe. C'est ça ? Je fais ce que vous me demandez et ensuite vous me rejetez, hein ?

– Ce n'est pas le moment de jouer les mesquins, répondit Valkyrie en fronçant les sourcils.

– Au contraire, rectifia Skully, c'est le moment idéal. Fletcher, on ne t'a pas emmené avec nous car on ne voulait pas risquer de te perdre.

Fletcher plissa les paupières.

– Alors… je fais toujours partie de l'équipe ?

– Évidemment ! s'exclama joyeusement Skully. Outre tout le reste, tu es le seul qui puisse nous garantir que nous échappons à plus de vampires que nous n'en rencontrons. Tu vas prolonger nos vies, mon garçon.

– Ah bon ?
– Oui. Fletcher Renn, tu es bon pour notre santé.
Le jeune Téléporteur rayonnait.
– Tu es un peu notre légume à nous, ajouta Skully et le sourire de Fletcher s'évanouit.
– J'ai besoin de mon épée, déclara Tanith.
– Je vais t'y conduire, dit Skully. Valkyrie, prends Fletcher et allez voir China.
Fletcher grimaça.
– Je ne suis pas un bus.
Skully l'ignora.
– Si quelqu'un a entendu des rumeurs sur Sanguin ou Dusk, c'est elle. La vérité, c'est que Sanguin ne fait jamais rien gratuitement, et donc si quelqu'un paye ses factures nous devons découvrir qui, et ce qu'il compte faire avec la Machine de Dévastation *et* le Capteur d'Âmes.
– Il ou elle, souligna Valkyrie.
– Bonne remarque, dit Skully. C'est peut-être la première étape de Darquesse sur sa route qui mène à la destruction totale. Dans ce cas, nous sommes dans un sacré pétrin.
– Et sinon ?
– Voyons les choses en face, dit-il, nous sommes sans doute dans un sacré pétrin de toute façon.

22

L'homme qui tua
Esryn Vantgarde

Valkyrie et Fletcher firent leur entrée dans la bibliothèque de China. À cette heure tardive, il n'y avait personne. Fletcher ne disait pas un mot et Valkyrie devinait qu'il repensait à l'attitude dédaigneuse de Skully à son égard. Fletcher ne parlait presque jamais de ses parents. Elle savait que sa mère était morte, mais il évoquait rarement son père. Était-ce pour cette raison qu'il manquait à ce point d'assurance en présence de Skully ? Fletcher recherchait-il secrètement l'approbation d'une figure paternelle ?

Elle l'entraîna dans le couloir et frappa à la porte des appartements de China. Celle-ci leur dit d'entrer. Valkyrie se tourna vers Fletcher.

– Toi, tu restes ici, dit-elle.

Il fronça les sourcils.

– Pourquoi ?

– Parce que China est sans doute encore affaiblie

par sa blessure et elle n'a pas besoin qu'on soit tous les deux autour d'elle. De plus, chaque fois que tu es en sa présence, tu te ridiculises.

— Pas chaque fois.
— Tu restes dans le couloir.
— Je crois que tu me prends pour un chien.
— Couché.

Le laissant à sa colère, Valkyrie entra et ferma la porte derrière elle.

Elle demeura bouche bée en voyant China sortir de sa chambre. Elle avait une tête de déterrée ! Son visage était livide et ses yeux paraissaient tuméfiés. Vêtue d'un peignoir en soie fermé par une large ceinture, elle se déplaçait avec raideur. Si elle restait anormalement belle, c'était la première fois que Valkyrie la voyait dans un moment de faiblesse et elle ne savait pas quelle attitude adopter.

— Ton silence est éloquent, dit China.

Un sourire timide effleura ses lèvres exsangues.

— Je suis désolée.
— Ne dis pas de bêtises.

Elle se laissa tomber dans un fauteuil en poussant un soupir sonore.

— Assieds-toi, Valkyrie. Ta réaction est revigorante. La plupart des gens font de gros efforts pour fuir mon regard et ils jacassent comme si de rien n'était. Alors, tu es allée au Sanctuaire ?

Valkyrie s'assit.

— Oui.

– Il a été attaqué, paraît-il. Par des vampires.

– Les nouvelles vont vite. Ils étaient emmenés par Dusk.

– Encore lui.

– Il a volé la Machine de Dévastation.

– Je croyais qu'elle avait été désamorcée.

– En effet. Alors on se demande pourquoi il l'a volée.

China grimaça quand elle changea de position dans son fauteuil.

Valkyrie hésita.

– Euh… ça va ?

– Je m'en remettrai. Voilà ce qui arrive quand on utilise toute sa magie pour guérir une blessure par balle. Ce n'est pas beau à voir. Demain, normalement, je devrais avoir retrouvé figure humaine.

– Normalement ?

China agita sa main fine.

– Tu t'inquiètes trop pour des gens qui ne sont rien pour toi.

Les yeux de Valkyrie s'écarquillèrent, à peine, mais China le remarqua.

– Oh, pardonne-moi, dit-elle, je ne voulais pas paraître si froide. Ce que je voulais dire, c'est que d'autres personnes méritent ta compassion bien plus que moi. Fletcher, par exemple. Ce garçon a le chic pour attirer les ennuis. Comment va-t-il ?

– Bien, je suppose. Il est dehors, dans le couloir.

– Oh ! Tu l'as bien dressé.

– China, vous croyez que je ne vous aime pas ?

Le sourire de China était rempli de douceur.

— Non, ma chérie, je suis sûre que tu m'aimes. Tu ne devrais pas, mais je suis sûre que tu m'aimes. Tu as un cœur énorme. Ce n'est pas un compliment, soit dit en passant. C'est même un défaut de caractère.

— J'essaierai d'y remédier.

— C'est tout ce que je demande.

— Sanguin est de retour. Il a volé un Capteur d'Âmes dans le Temple des nécromanciens et il fait équipe avec Dusk.

— C'est très intéressant, mais je crains de ne pas pouvoir t'aider au sujet de Dusk. En revanche, mon enquête sur Sanguin a fini par porter ses fruits. Que sais-tu de l'assassinat d'Esryn Vantgarde pendant la guerre ?

— C'était un pacifiste, et le type qui l'a tué est sorti de prison il y a quelques jours.

— Quand Vantgarde est mort, nombreux étaient les soldats des deux camps qui approuvaient ses idées. Personnellement, j'avais toujours méprisé cet individu ; c'était à l'époque où je soutenais Mevolent, vois-tu, et je savais que Mevolent n'appréciait pas les tentatives de Vantgarde pour instaurer la paix. Il le soupçonnait d'œuvrer pour le compte d'Eachan Meritorious, en privant les troupes de Mevolent du désir de mourir pour leur chef. Des soupçons fondés, je pense que tu seras d'accord.

— Alors, il a envoyé Dreylan Scarab pour tuer Vantgarde.

– À ce stade, j'avais tourné le dos aux Sans-Visage, mais en effet, d'après ce que j'ai compris, Scarab a été envoyé pour régler le problème. À l'aide d'une flèche trempée dans du poison, pendant que le militant pacifiste s'adressait à une foule de supporters. C'est arrivé si vite que personne n'a eu le temps de réagir ; Vantgarde est mort en quelques secondes. Les membres de l'assistance – je te rappelle que c'étaient tous des sorciers – se sont lancés à la poursuite du tueur, mais Scarab avait déjà disparu. Skully l'a trouvé quelques jours plus tard et, avec l'aide de Guild, il l'a arrêté.

Valkyrie fronça les sourcils.

– Guild ?

– C'était un de ceux en qui Meritorious avait le plus confiance. Il supervisait certains départements au sein du Sanctuaire et ses fonctions impliquaient une interaction directe avec les enquêteurs.

– Je n'aurais jamais cru que Skully et Guild avaient été amis.

China sourit.

– Ils n'étaient pas amis. Ils se sont toujours haïs, depuis le premier jour, pour des raisons que je n'évoquerai pas ici. Mais à l'occasion, ils ont collaboré.

– Donc, ils ont arrêté Scarab et il a été envoyé dans une prison en Amérique. À quel moment intervient Sanguin dans cette histoire ?

– Il m'a fallu longtemps pour dénicher cette information, alors j'espère que tu es consciente du sacrifice auquel je consens en te la livrant pour rien.

– Pas pour rien, rectifia Valkyrie. Vous aurez droit à ma reconnaissance éternelle.

– Pour rien, donc, soupira China. Figure-toi que Scarab avait un fils. Tu cherches à savoir qui tire les ficelles de Sanguin ? Ne cherche pas plus loin que son père.

Valkyrie se leva.

– Scarab est le père de Sanguin ? C'est… c'est énorme !

– En effet.

– Je suis vraiment désolée, China, je dois y aller. Si j'ai un peu de temps, peut-être que je repasserai plus tard pour prendre de vos nouvelles.

– Demain à cette heure-ci, je serai redevenue comme avant. Mais ta sollicitude, bien qu'inutile, me va droit au cœur. Évidemment, si les rôles étaient inversés…

– Je sais. Vous en feriez autant pour moi.

China haussa un sourcil.

– Pardon ? Ai-je une tête à rendre visite aux malades ? Tu peux me laisser.

– Merci, China.

Valkyrie se dirigea vers la porte.

– Oh ! Une dernière chose. La façade de Hideous… Super !

China sourit.

– Elle lui plaît, on dirait. Ça m'a pris du temps, mais ça en valait la peine, je crois.

– Moi aussi, dit Valkyrie et elle s'empressa de sortir dans le couloir.

– Alors ? demanda Fletcher d'un ton grognon.

– On a le lien, lui dit-elle, et sa mauvaise humeur se dissipa aussitôt.

Il lui prit la main.

Ils réapparurent dans la boutique de Hideous. Comme il faisait noir, ils allumèrent les lumières puis attendirent l'arrivée de Skully et des autres. Valkyrie croisa les doigts et regarda Fletcher.

– Quoi ? demanda-t-il d'un ton innocent.

– Tu meurs d'envie de le dire.

– Je ne vois pas de quoi tu veux parler.

– Ils sont encore en chemin. Nous, on est allés chez China, on a découvert une pièce importante du puzzle et on est ici avant eux.

– Je suis désolé, Valkyrie, mais je ne vois vraiment pas ce que tu veux me faire dire.

Elle attendit.

– Quoi que…, commença-t-il.

– Nous y voilà.

– La téléportation est sans aucun doute le meilleur des pouvoirs, et vous devriez tous vous estimer heureux que je sois de votre côté. Pourquoi certains continuent-ils à utiliser des voitures ? Franchement, ça me dépasse. Par vanité ? Parce que Skully ne veut pas admettre à quel point je suis utile ? J'estime que je ne suis pas apprécié à ma juste valeur, voilà tout.

– OK.

– On se débrouillait très bien sans lui.

– Pas vraiment.

– Ce n'était pas un désastre, en tout cas. Personne n'a été tué.

– Il y a eu plusieurs victimes.

– Pas parmi nous ! rétorqua Fletcher, exaspéré.

– Tu as d'autres motifs de récrimination avant qu'il arrive ?

Fletcher rit.

– Tu crois vraiment que j'ai peur de lui ? Eh bien, non ! Mais puisque tu me poses la question, oui, il se trouve que j'ai une réclamation à faire : je suis plus âgé que toi. C'est *moi* qui devrais te donner des ordres.

– Dans tes rêves.

– J'ai une plus grande expérience.

– Pour te coiffer ?

– Pourquoi est-ce que tout le monde me parle de ma coiffure ? Je la trouve super cool.

Il enchaîna sur ce sujet jusqu'à ce que Valkyrie lui demande de la boucler. Quand Skully et les autres arrivèrent quelques minutes plus tard, Valkyrie leur rapporta ce qu'elle avait appris.

– C'est trop formidable pour que ce soit une coïncidence, dit Skully. Très bien. Cela signifie que nous savons qui est le *big boss*. Scarab est libéré, il s'offre des retrouvailles émouvantes avec son rejeton psychopathe et ils recrutent Dusk, peut-être aussi Remus Crux, et tous ceux qui se trouvent dans les parages et qui ont une dent contre la société.

– Mais que *veut* Scarab ? demanda Tanith en nettoyant amoureusement son épée.

– Se venger, je suppose.

– De quoi donc ? Il a commis un crime et il a été puni. S'il est du genre rancunier, il n'avait qu'à pas tuer Vantgarde pour commencer.

– Ah, fit Skully. Justement. Je ne crois pas qu'il ait tué Vantgarde. J'ai des doutes depuis un certain temps.

Hideous le regarda d'un air stupéfait.

– Mais… tu l'as arrêté.

– Parce que tout l'accusait, dit Skully. C'est plus tard que j'ai commencé à penser que les preuves étaient trop évidentes, justement.

– Scarab se serait fait piéger ? demanda Valkyrie. Il est innocent ?

– Pas *totalement*. Ni même *vaguement*. N'oublie pas qu'il était l'assassin en chef de Mevolent. Mais concernant ce crime particulier, je le crois innocent, oui.

– Vous avez une théorie, donc.

– Naturellement.

– Qui a piégé Scarab ? Qui a tué Vantgarde ?

Le Détective Squelette hésita.

– En fait, j'ai la désagréable impression que c'est *nous*.

23
Crux

Remus Crux rêva de dieux sans visage et de filles sans tête. Il rêva d'immenses forêts d'arbres morts, de créatures hurlantes qui le traquaient. Il vit dans son rêve des choses qu'il reconnut comme des éléments de son ancienne vie. Il les regarda passer devant lui et disparaître, sans les regretter.

Il se réveilla.

Il avait expliqué à Dusk comment franchir les défenses du Sanctuaire et où trouver ce qu'ils cherchaient, et maintenant que le vampire était revenu, sa mission accomplie, Crux n'éprouvait pas une once de remords. Ses anciens collègues venaient d'être tués et il s'en fichait. C'étaient des païens, des mécréants, des ennemis des Sans-Visage.

Dreylan Scarab était un païen, lui aussi, mais un païen utile. Il servait un but. Crux voyait Scarab et son petit Club des Vengeurs comme un moyen d'atteindre son objectif. Une fois qu'ils auraient rempli leur rôle, il les abandonnerait ou les tuerait, en fonction de ce qui était le plus facile. Mais dans l'immédiat, tous souhaitaient la chute du Sanctuaire presque autant que lui, aussi acceptait-il de se conformer à leur plan.

Il pouvait se montrer patient. Il attendrait. Il aurait sa chance. La fille avait tué deux de ses dieux obscurs. Il fallait qu'elle paie pour ça et aussi pour son héritage.

Crux connaissait bien la légende. Les Sans-Visage avaient régné sur ce monde jusqu'à ce que les premiers sorciers, les Anciens, construisent le Sceptre pour les tuer et les chasser. Une fois les Sans-Visage bannis, les Anciens s'étaient entre-tués comme les vils insectes qu'ils étaient, jusqu'à ce qu'il n'en reste qu'un. Valkyrie descendait du dernier d'entre eux.

Il était temps qu'elle paie pour les crimes de ses ancêtres.

24

L'intrigue s'épaissit...

— Vantgarde était animé de bonnes intentions, dit Skully, dont la voix emplit l'espace qui les séparait. Son rêve de paix a inspiré un grand nombre de personnes qui en avaient assez de la guerre, dans les deux camps. Quelqu'un a dit un jour, en parlant de lui, qu'il avait vu ce dont il était capable, ce dont nous étions tous capables, et que cela l'avait effrayé. Alors, il a essayé de nous sauver.

« Il pensait que la solution était de permettre à Mevolent et à sa bande d'idolâtrer ouvertement les Sans-Visage, comme une forme de religion. Il était convaincu que, si on leur en laissait le temps, ils apprendraient à dominer leur caractère impitoyable et à se comporter... de manière civilisée.

« Meritorious n'était pas d'accord. Il ne faisait pas confiance à Mevolent et à ceux qui l'entouraient. Et alors que Vantgarde était au départ une voix solitaire qui prêchait la compréhension et la tolérance, cette voix s'amplifia et porta de plus en plus loin. Bientôt, elle devint un rugissement.

« Le rêve de paix, comprenez-le bien, est un rêve qui réconforte tout le monde, à l'exception du soldat sur le champ de bataille. Lui ne peut pas penser à la paix. Il ne peut pas hésiter. Le soldat vit dans la guerre. Au combat, la guerre est sa mère, son ami et son dieu. Croire autre chose, c'est suicidaire.

« Je pense que Meritorious en a conclu que la voix qui était à l'origine de tout cela devait être réduite au silence. Ça devenait trop dangereux. Trop de gens commençaient à penser qu'il existait une issue simple. Trop de soldats commençaient à douter. Pour Meritorious, il était indispensable de combattre Mevolent, au lieu de rêver de paix.

— Tout cela, ce sont des suppositions, intervint Hideous. J'ai eu quelques différends avec Meritorious, mais c'était un homme bon. Là, tu parles d'un meurtre de sang-froid.

— Je sais, dit Skully. Et si ce genre de chose s'ébruitait, le Sanctuaire volerait en éclats. Voilà pourquoi il a dû confier le travail à Thurid Guild.

Hideous s'assit, lourdement.

— Évidemment. Guild dirigeait le Programme Urgence.

— C'est quoi, ça ? demanda Fletcher.

— Les mages de l'Urgence sont des individus ultra-entraînés, utilisés pour mener des attaques secrètes contre l'ennemi, expliqua Skully. Assassinats.

Sabotages. Coups tordus. Ce qu'ils font n'est pas toujours très joli, mais nécessaire.

— Ils ont tenté de nous recruter, ajouta Hideous. Skully, moi et quelques autres. Nous formions une unité indépendante durant la guerre. Guild a voulu s'assurer nos services, mais on n'aimait pas ce qu'il nous demandait de faire.

Il reporta son attention sur Skully.

— Alors tu penses que Guild a confié le boulot à un de ses gars ?

Le squelette haussa les épaules.

— Ce serait logique. Meritorious avait besoin d'un assassin qui puisse disparaître totalement ensuite, et Guild a certainement proposé ses hommes. Il a toujours été très courageux, à sa façon.

— Vous savez qui ? demanda Valkyrie.

— Non. Tous les indices désignaient les sbires de Mevolent et Scarab en particulier. Le temps que l'on comprenne que tout cela était trop évident, trop facile, on avait déjà capturé et jeté Scarab en prison.

— Vous auriez pu dire quelque chose.

Skully ne répondit pas.

— Supposons que tu aies raison, dit Tanith. Supposons que Meritorious et Guild aient orchestré l'assassinat de Vantgarde et fait porter le chapeau à Scarab. Celui-ci a moisi dans sa cellule pendant deux cents ans. Après avoir été privé de sa magie pendant si longtemps, il a dû recommencer à vieillir, non ? C'est donc un vieil homme, libre et furieux. Il a avec lui son fils psychopathe et leur bande de cinglés, et ils cherchent à se venger. Alors, ils volent une Machine de Dévastation désamorcée et un Capteur d'Âmes. En quoi cela peut-il les aider à accomplir leur vengeance ?

— Et de qui veulent-ils se venger ? demanda Fletcher. Meritorious est mort.

— Ils vont s'en prendre à Guild, répondit Skully. Nous devrions le prévenir. Ils vont sans doute s'en prendre à moi également, mais vous n'avez pas besoin de me prévenir. Je suis déjà averti. Quant à savoir ce qu'ils comptent faire du matériel qu'ils ont volé, je n'ai pas encore éclairci ce mystère. Mais ça viendra.

« Du côté des avantages, plus Scarab a de gens avec lui, plus on a de chances d'en trouver un. Crux a été vu pour la dernière fois à Haggard, il y est peut-être encore, en train de chercher un moyen de franchir le périmètre installé par China.

— Je connais ce secteur, dit Tanith. Je vais prendre ma moto pour aller jeter un coup d'œil.

— Moi, dit Hideous, je connais deux ou trois bars que fréquentait Sanguin lors de son dernier séjour. Ils sont encore ouverts, même à cette heure-ci. Je peux demander si quelqu'un l'a vu récemment.

Skully acquiesça.

— Emmène Fletcher, tu iras plus vite. Malheureusement, nous ne savons presque rien sur Dusk. Le vampire que j'ai conduit en cellule n'est pas très coopératif, ce qui n'a rien d'étonnant. Et ces créatures sont insensibles à la plupart des techniques divinatoires.

– Dites à Valkyrie de demander à son copain vampire, suggéra Fletcher.

Skully se retourna vivement.

– Son quoi ?

Valkyrie foudroya du regard le jeune Téléporteur qui rougit.

– Euh… elle ne vous en a pas parlé ?

– Non. Je ne lui en ai pas parlé, dit-elle, mâchoires serrées.

Skully la regarda.

– Tu as un copain vampire ?

– C'est lui qui a organisé le rendez-vous avec Chabon. Mais je ne suis jamais restée seule avec lui. Tanith ou Hideous étaient toujours…

Skully pivota vers ces derniers.

– Vous le saviez ? Vous saviez qu'elle fréquentait un vampire et vous l'avez laissée faire ?

– On contrôlait la situation, dit Tanith.

– Personne ne peut contrôler un vampire ! rugit Skully. Il aurait pu la tuer ! Et tout ça pour quoi ? Pour essayer de me récupérer ? Vous auriez dû me laisser là-bas !

Tanith détourna les yeux et Valkyrie baissa la tête ; elle avait les joues en feu. Seul Hideous osa soutenir le regard du squelette.

– C'était un risque, en effet, dit-il toujours aussi calme, mais nous avons décidé de le prendre. Et maintenant que Valkyrie a établi le contact avec ce vampire, nous devrions envisager de l'utiliser pour trouver Dusk. C'est logique.

Skully demeura immobile pendant un moment.

– Entendu, dit-il finalement. (Toute trace de colère avait disparu de sa voix.) Tu peux arranger ça, Valkyrie ?

La jeune fille hocha la tête. Ces brutales sautes d'humeur devenaient pénibles à force.

– Parfait. Si nous avons de la chance, une de ces trois options nous mènera à Scarab. Appelez si vous avez du nouveau. Valkyrie ?

Elle sortit la première de l'atelier de confection. La nuit était froide, mais au moins, il ne pleuvait pas. Ils marchèrent vers la Bentley.

– J'aurais *pu* dire quelque chose, déclara Skully.

– Hein ?

– Tu as dit que j'aurais pu dire quelque chose, quand j'ai compris que Scarab avait été piégé. Je suis d'accord avec toi.

– Alors, pourquoi vous ne l'avez pas fait ?

Ils atteignirent la voiture. Il déverrouilla les portières, mais ils ne montèrent pas à bord.

– Quand la guerre a commencé, dit-il, j'étais un être de chair et de sang. J'étais d'abord un père et un mari, avant d'être un soldat. Quand Serpine a tué ma famille, et moi, tout a changé. Je suis devenu un soldat. La guerre était tout ce qui me restait.

« Je n'aimais pas Esryn Vantgarde et je n'étais pas

d'accord avec lui. Je voyais en lui un facteur d'affaiblissement que nous ne pouvions pas tolérer. S'il avait continué à faire ses discours, à essayer de négocier avec Mevolent, je sentais véritablement que nous aurions perdu la guerre.

« Quelques années plus tard, j'ai découvert que les soupçons de Meritorious étaient fondés. Mevolent avait l'intention d'accepter la paix que prêchait Vantgarde, puis de positionner ses hommes afin de frapper ses ennemis au cours d'une seule nuit sanglante. J'en tire un certain réconfort, je l'avoue. Je sais que Meritorious a fait ce qu'il fallait faire, fondamentalement.

– Vous approuvez le fait qu'il ait ordonné le meurtre d'un innocent ?

– Nous faisions la guerre, répondit Skully. Chaque jour, il fallait prendre des décisions difficiles. Celle-ci en faisait partie.

Les premières gouttes de pluie de la nuit firent leur apparition. Valkyrie ne bougea pas.

– J'ai fait des choses terribles dans ma vie, ajouta Skully. Des choses qui me hantent. Certaines d'entre elles, j'étais obligé de les faire. D'autres… non. Mais je les ai faites quand même. Pour tous mes péchés, j'aurais dû rester de l'autre côté de ce portail, c'est là qu'est ma place. J'aurais dû être hanté et torturé jusqu'à ce que mes os tombent en poussière. Mais tu es allée en enfer pour me ramener. S'il m'arrive de te décevoir, toi tu ne m'as jamais déçu. Et tu ne me décevras jamais.

Il monta en voiture. Quelques secondes plus tard, Valkyrie l'imita. Ils démarrèrent.

Elle dormit dans la Bentley, après avoir incliné son siège, son manteau en guise de couverture. Quand elle se réveilla, juste après l'aube, son rêve lui échappa. Elle se redressa.

– Un mauvais rêve ? demanda Skully.

– Je ne m'en souviens pas.

– Tous ces marmonnements, ça ressemblait à un cauchemar. Mais personne ne peut te le reprocher.

Valkyrie fronça les sourcils, le rêve était trop loin maintenant, il se dissipait alors même qu'elle tentait de le retenir.

– En tout cas, c'était un drôle de rêve, ça je m'en souviens. J'ai dit des choses embarrassantes ?

– Rien que l'on puisse utiliser contre toi.

Elle esquissa un sourire et reporta son attention sur l'entrepôt de l'autre côté de la rue.

– Du mouvement ? demanda-t-elle.

– Pas pour l'instant. Mais il faut plusieurs minutes pour que la peau humaine et les cheveux d'un vampire repoussent. Il ne devrait pas tarder à sortir, s'il est bien à l'intérieur.

Valkyrie remonta son siège.

– C'est là qu'il a installé sa cage.

– Pourquoi t'a-t-il aidée ? Les vampires n'ont pas la réputation d'être très serviables.

– Il déteste Dusk. Il n'a pas voulu me dire pourquoi, mais il le déteste. Il nous a aidés parce qu'on a mis Dusk en prison. Même s'il n'y est pas resté longtemps, Caelan était satisfait.

La porte de l'entrepôt s'ouvrit et Caelan en sortit. Valkyrie demeura bouche bée : elle n'avait jamais remarqué qu'il était si beau. Sa nouvelle peau respirait la santé et ses cheveux noirs brillaient. Elle le suivit des yeux, alors qu'il se dirigeait vers une voiture garée à proximité. Il s'arrêta, tourna la tête et la regarda fixement. Skully descendit de voiture et Valkyrie le suivit.

– Soyez gentil avec lui, lui glissa-t-elle.
– Je suis toujours gentil.
– Ne braquez pas votre arme sur sa tête.
– Oh, *gentil* dans ce sens-là.

Caelan les accueillit par un hochement de tête. Il ne perdit pas de temps à énoncer l'évidence, à savoir qu'elle avait réussi à récupérer Skully. Il resta où il était et attendit qu'ils parlent.

– Je ne vous aime pas, déclara Skully.
– OK, répondit Caelan.
– Je n'aime pas les vampires de manière générale, ajouta-t-il. Je m'en méfie. Je me méfie de vous.

Valkyrie soupira.

– Je vous ai demandé d'être gentil.
– Je ne l'ai pas encore abattu.

Elle leva les yeux au ciel et s'adressa à Caelan :

– Nous avons besoin de votre aide pour trouver Dusk.

– Désolé. Je ne saurais pas où le trouver même si je le voulais.

— Mais vous connaissez des gens qui eux le sauraient, n'est-ce pas ? demanda Skully. D'autres vampires, comme ceux qui ont envahi le Sanctuaire la nuit dernière et tué vingt-neuf personnes. Je me pose une question : êtes-vous resté enfermé dans votre cage *toute* la nuit, Caelan ? Ou êtes-vous sorti en douce pour grignoter un morceau ?

Caelan l'observa longuement.

— Ma cage est fermée par une minuterie, programmée pour s'ouvrir uniquement à l'aube.

— Vous êtes un vampire doté d'une conscience, c'est ça ?

— Non, monsieur. Je suis un monstre, comme vous le dites. Je m'enferme la nuit car, si je ne le fais pas, quelqu'un comme vous me traquera. Et quelqu'un comme vous finira par trouver un moyen de me tuer.

Valkyrie se plaça entre eux et le regard de Caelan revint se poser sur elle. Il avait des yeux aussi sombres que les siens. Peut-être même plus.

— Caelan, je sais que vous m'avez déjà aidée avec Chabon, et je sais que vous ne me devez rien, mais il faut qu'on retrouve Dusk et qu'on l'arrête.

— Je reste dans mon coin.

— Je sais.

Il détourna le regard.

— Je peux demander à Moloch. Mais je ne peux pas y aller seul.

— On viendra avec vous.

— Je ne peux pas vous promettre qu'il aura des

informations utiles à nous donner, ni même qu'il acceptera de nous voir. Mais il est vraiment le seul qui puisse éventuellement me parler.

– Les autres vampires ne vous aiment pas ? demanda Skully. Pourquoi ?

Caelan hésita.

– Dans notre culture, un vampire n'a pas le droit de tuer un autre vampire.

– Et vous avez tué un vampire ?

– Oui, monsieur.

– Pourquoi ?

Caelan haussa les épaules.

– Il l'avait cherché.

25

Le dernier vampire debout

Les tours jaillissaient du ciment telles les sinistres parois rocheuses d'un canyon, oppressantes par leur taille et déprimantes par leur aspect. Construites dans les années 1960, la plupart de ces cités avaient été démolies depuis pour tenter d'éradiquer la criminalité qui s'y était installée et avait tout envahi. Hélas, quand la municipalité de Dublin dut s'attaquer à la cité de Faircourt, les caisses étaient vides.

Des tours de douze étages, composées d'appartements minuscules, collés les uns aux autres. Pas d'herbe. Pas d'arbres. Un seul commerce, défiguré par les graffitis. Des chariots de supermarché rouillés et de vieux matelas.

La Bentley scintillante se gara à côté de la carcasse calcinée d'une voiture. Skully, Valkyrie et Caelan en descendirent. Skully enclencha l'alarme et ils suivirent Caelan dans un passage souterrain jonché de détritus, aussi gris que le ciel qu'il masquait. Ils débouchèrent à l'autre extrémité et traversèrent une place bétonnée jusqu'à un escalier qui empestait les excréments humains. Ils ne croisèrent pas âme qui vive.

L'ascenseur étant cassé, ils durent monter à pied jusqu'en haut. Valkyrie avait les muscles des jambes en feu, alors que Skully et Caelan semblaient ne fournir aucun effort.

Ils n'avaient toujours croisé personne.

Ils atteignirent enfin le dernier étage où une porte sur deux était en acier. La peinture s'écaillait. Les fenêtres étaient condamnées par de lourdes barres de fer entrecroisées.

Caelan tambourina à une des portes en acier et ils attendirent. Ils entendirent les cliquetis d'une serrure, de l'autre côté, et la porte s'entrouvrit. Une jeune femme sortit la tête dans le couloir. Elle était pâle, en sueur, avec les yeux rougis, et agitée.

– Nous venons voir Moloch, déclara Caelan.

La femme passa sa langue sur ses lèvres, jeta un coup d'œil derrière elle et se faufila au-dehors. Valkyrie la regarda partir à toutes jambes, les bras noués autour du corps.

Valkyrie suivit les autres dans l'appartement. Il n'y avait aucun meuble. De longs et profonds sillons parcouraient les murs et l'arrière de la porte en acier était zébré de griffures. Ici vivait un vampire, un vampire enragé qui avait tenté de s'enfuir, apparemment. Une autre porte en acier s'ouvrait sur l'appartement voisin. De la même manière que China avait abattu les murs de son immeuble pour y installer sa bibliothèque, le vampire Moloch avait étendu son espace vital pour y installer les deux aspects de sa nature.

C'est dans son appartement meublé qu'ils découvrirent Moloch. Peut-être avait-il été beau autrefois, mais les années avaient transformé ses traits fins en un masque cruel. Ses cheveux étaient clairsemés et une lueur d'intelligence brûlait dans ses yeux. Malgré le froid, il portait uniquement un pantalon de survêtement et un T-shirt blanc. Il était assis sur le canapé, les mains croisées sur sa nuque, maître de son domaine.

– Vous avez fait fuir mon petit déjeuner, dit-il avec un accent de Dublin à couper au couteau. (Ses yeux dévoraient Valkyrie.) Mais il semblerait que vous soyez venus avec une sélection plus saine. Il y a une seringue sur la table près de toi, ma jolie. Un demi-litre de ton sang, je ne demande rien de plus.

– Pas mal comme installation, dit Skully. Laissez-moi deviner. Les autres locataires vous nourrissent, vous et vos semblables, et en échange, vous les protégez des dealers et des criminels. C'est bien ça ?

– Je devine un reproche dans votre ton, répondit Moloch. Pourtant, n'est-ce pas mieux que de voir des vampires tuer des mortels ? De cette façon, nous ne sommes pas obligés de chasser, et eux n'ont pas à avoir peur.

– Quelqu'un aurait dû expliquer ça à la fille qui a fichu le camp d'ici en courant.

Moloch haussa les épaules.

– La première fois, c'est toujours impressionnant. Mais assez parlé de nous. J'ai entendu dire que vous aviez disparu. À ce qu'il paraît, vous vous êtes retrouvé en enfer pour de bon.

– Exact, confirma Skully. Mais je n'y suis plus.

Moloch esquissa un sourire.

– Le Détective Squelette en personne, sous mon toit. Ça alors. Durant tout ce temps, on a réussi à passer inaperçus. Vous ne saviez même pas qu'on était ici, hein ? Quelle est l'étape suivante ? Vous allez envoyer les Fendoirs ?

– Ils cherchent Dusk, expliqua Caelan.

Moloch jaillit du canapé, telle une ombre floue, et Caelan, qui se trouvait près de Valkyrie, disparut. Un grand fracas se produisit. Elle se retourna brusquement. Moloch tenait Caelan par la gorge et le plaquait contre le mur du fond.

– Tu les as conduits ici, rugit le vampire. Tu les as conduits chez moi, jeune imbécile. Je devrais t'arracher la tête sur-le-champ.

Skully, visiblement indifférent à cette éventualité, avait les mains dans les poches.

– On l'a obligé à nous conduire jusqu'ici, risqua Valkyrie.

Moloch resserra l'étau de sa main autour de la gorge de Caelan, qui gigotait inutilement, puis le relâcha.

– Valkyrie Caïne, dit-il en essuyant l'écume sur ses

lèvres. Il y a deux ans, tu as tué mes frères Infectés. Tu les as entraînés dans la mer, à ce qu'il paraît.

— J'ai sauté dans la mer, rectifia-t-elle. Ce n'est pas ma faute s'ils m'ont suivie.

— Tu ne comprends pas, petite. Je te remercie. S'ils avaient pu se transformer, l'un d'eux aurait sans doute semé la terreur en ville, une caméra de surveillance l'aurait filmé, ou il aurait été surpris en train de faire *quelque chose*. Pour nous, cela aurait été catastrophique.

« Créer de nouveaux vampires est une forme d'art. Les Infectés doivent être maîtrisés, entraînés ; il faut leur apprendre à se comporter correctement. Ce ne sont pas des zombies, nom d'un chien ! Mais Dusk voit en eux une armée, et non une famille.

— Hier soir, il a envoyé quatorze nouveaux vampires au Sanctuaire, dit Skully.

— Ah bon ?

— Vous n'êtes pas au courant ?

— Je me lève tard. Et qu'est-ce qui vous fait croire que je vais vous aider, d'ailleurs ? Nous ne sommes pas tous des âmes torturées comme fait semblant de l'être Caelan. Je ne travaille pas avec des sorciers. Et encore moins avec des agents du Sanctuaire.

— Cela fait longtemps que vous vous demandez comment régler un problème tel que Dusk. Tous les matins vous attendez qu'une occasion vienne frapper à votre porte. Eh bien, nous voilà.

Moloch réfléchit. Derrière lui, Caelan, qui était

resté plaqué contre le mur, regardait fixement l'arrière de son crâne comme s'il voulait y creuser un trou.

Moloch tira le tapis, laissant apparaître une large trappe ronde en acier. Elle paraissait très lourde, mais il la souleva sans peine. Valkyrie et Skully s'approchèrent prudemment du bord pour scruter le fond.

– C'est là qu'on les garde, expliqua Moloch. Vous seriez surpris de connaître le nombre de personnes vivant dans ces immeubles qui rêvent de nous ressembler. Force, vitesse, vie éternelle, et tout cela sans magie ! Une simple morsure. Ou peut-être que vous ne seriez pas surpris, après tout. Pauvreté, chômage, aucune perspective, aucun respect de soi… qu'espérer de plus ? En vérité, devenir vampire, c'est comme n'importe quelle offre d'emploi alléchante : il y a énormément de demandeurs et peu de places.

« Alors, quand on a besoin de nouvelles recrues, on rassemble les candidats, une petite morsure et on les balance dans ce trou. Pendant deux jours, ils se battent. Celui qui reste, une fois l'infection achevée, rejoint la famille.

– Et les autres sont massacrés, ajouta Skully.

– D'une simplicité toute darwinienne, n'est-ce pas ?

– En quoi est-ce que ça peut nous aider à trouver Dusk ? demanda Valkyrie.

– Un de mes frères potentiels qui se trouvent là-dedans n'a pas été infecté par nous, mais par un des vampires de Dusk. Et il a vu leur tanière avant de réussir à s'enfuir pour venir ici.

Elle fronça les sourcils.

– Et comment on fait pour l'interroger ?

– Tu vas devoir t'en charger toi-même, répondit Moloch.

En disant cela, il s'élança et percuta Skully, qui décolla du sol. Caelan voulut intervenir, mais Moloch l'expédia à l'autre bout de la pièce. Puis il se saisit de Valkyrie.

– En tuant ces Infectés, grogna-t-il, tu nous as rendu un service. Sois-en remerciée. Toutefois, je ne peux pas laisser ce crime impuni.

Elle leva le bras pour contre-attaquer, mais il la poussait déjà vers le trou et elle tomba dans le vide en hurlant. Elle tournoya durant sa chute, mains tendues face aux ténèbres, et franchit un deuxième trou, creusé dans l'appartement du dessous. Elle sentit la pression contre ses paumes lorsque le plancher se précipita à sa rencontre, alors elle repoussa l'air. Sa chute ralentit et Valkyrie put ramener ses jambes sous elle pour atterrir en position accroupie.

Des ampoules électriques de faible voltage laissaient deviner un papier peint délavé, un tapis miteux, et pas grand-chose d'autre. Elle avait traversé le plancher du douzième, puis du onzième et se trouvait maintenant au dixième. Moloch avait déjà refermé la trappe tout là-haut, pour l'emprisonner. Valkyrie se concentra afin de sonder l'air et sentit des mouvements autour d'elle. Elle n'était pas seule.

Elle recula contre le mur, découvrit une ouverture

et s'y glissa. Un autre passage s'ouvrait devant elle et, dans l'obscurité, elle distingua encore un passage plus loin. Tous les appartements de cet étage étaient reliés de manière rudimentaire et, visiblement, chaque porte, chaque fenêtre avait été murée.

Non, se dit-elle, pas *toutes* les portes. Il y en avait forcément une, en acier sans doute et fermée de l'extérieur, qui permettait au vampire survivant de sortir d'ici.

Il suffisait qu'elle la trouve.

Un grognement se fit entendre quelque part sur sa gauche. Il y eut une rafale de mouvements et un homme jaillit dans la lumière. Valkyrie repoussa l'air ; il frappa l'inconnu juste au moment où celui-ci se jetait sur elle. Elle pivota, agrippa les ombres à pleines mains et les projeta dans la poitrine de la femme qui s'avançait dans son dos. Puis elle s'enfuit.

D'un bond, elle franchit l'ouverture creusée dans le mur suivant… directement dans les bras d'un autre Infecté. Il avait la bouche grande ouverte et ses dents acérées plongèrent vers la gorge de Valkyrie. Elle lui donna un grand coup de boule en plein visage. Il poussa un cri de douleur et la lâcha. Hébétée et chancelante, elle heurta une petite table. Sa main se referma sur une lampe qu'elle abattit sur le crâne de son agresseur. L'ampoule explosa et les ténèbres les engloutirent, mais déjà elle le bousculait pour s'échapper.

Trois Infectés se dressaient sur son chemin. D'un

claquement de doigts, elle enflamma un canapé et l'expédia dans leur direction. Pendant qu'ils se jetaient sur le côté, elle franchit une porte donnant sur une cuisine obscure, ressortit par le trou dans le mur, trébucha et entra en titubant dans la chambre de l'appartement voisin.

Quelque chose la bouscula violemment et, l'espace d'un instant, elle vola et percuta le mur de plein fouet. En tombant, elle vit l'homme se jeter de nouveau sur elle. Quand, après s'être relevée prestement, elle voulut repousser l'air, il lui saisit le poignet. Il serra de toutes ses forces et la douleur l'obligea à s'agenouiller. Avec son autre main, il la souleva et, en tournoyant sur lui-même, il l'expédia dans le salon. Elle atterrit sur une table, en éparpillant tout le bazar qui s'y entassait.

Un autre s'empara d'elle. Valkyrie lui enfonça son avant-bras dans la bouche quand il essaya de la mordre, ce qui l'obligea à rejeter la tête en arrière ; et de son autre main, elle lui décocha une manchette dans la gorge. Il s'étrangla et recula, mais au même moment, un poids s'abattit sur elle. Elle s'écroula. Un poing s'écrasa sur sa joue. Le monde se mit à tournoyer. Elle se protégea tant bien que mal des coups qui se mirent à pleuvoir. Heureusement, les manches de sa veste absorbaient une grande partie des chocs. Tous les Infectés allaient rappliquer. Si elle demeurait à terre trop longtemps, la meute allait lui sauter dessus.